アンユナイテッド・ネイションズ

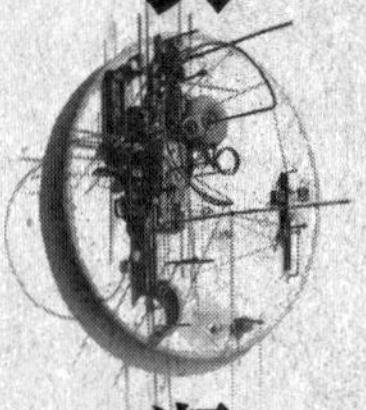

瀬尾育生

思潮社

アンユナイテッド・ネイションズ――目次

I

ディクタート

II

アンユナイテッド・ネイションズ

III　あなたは不死を河に登録している

ブックデザイン――山田英春
カバーオブジェ――佐藤貢

アンユナイテッド・ネイションズ

以下の詩は今後、論旨についても事実関係についても記述を変更することがありうる。

I

ディクタート

ディクタート――1999.8.

鉄道の終点から徒歩でさらに二時間ほど黒い土の起伏を歩いて、小高い樅の林の手前に着くと、家はすべての窓を開け放して、私を迎えた。それは一昨日のことだ。いま暗くなってゆく部屋で、破れたソファに斜めに体をもたせかけていると、小さな動物が二匹、私の腹から肩へ登り、首筋と耳を舐めている。

窓はいまも大きく開かれ、冷えはじめた夜気を入れている。たぶん母はしばらく庭に出ているのであろう。目を閉じると、凍ってゆく農地にわずかに散らばる廃屋が見え、私はそのひとつに十数年ぶりで戻ってきた息子の姿になっている。今夜ここを発つと、首都までは三日ほどの旅で、きりきりと腹を痛ませて時間の流れをまたぐと、また十年ほどここに戻ることはあるまい。二匹の小さな動物が折り重なって眠る影が、いつのまにか汚れた壁の上へ移動している。

「冬宮での勝利以来、あなたがたは滅びつつあるクニの同一性と、それを形づくる無数の心理の襞を告発している。だがなんという錯誤なのであろう。私にとってそれはすでに四半世紀も前、帝国によって絶滅に追いやられたクニのこと以外ではないのだ。すでに無いものへの告発を反復することで、あなたがたは生成しつつある機構の中で自らの地位を築こうとしているのである。

ほんとうをいえば、私は今すぐここを立って、均質な帝国にすべてを売り渡そうとするあの世界神学に対してこそ闘わねばならないのだ。ああ国際《インターナショナル》われらがもの。われわれはいくど、衰えたクニに足を乗せ、直面している敵を、倒錯した愛をもって迎えたことであろう。」

ヨハネス・コサコウスキが十数年ぶりにザラサイに帰郷したとき、兄（ミハイル・コサコウスキ）への手紙にそう書き付けたのは、一九一八年初冬のことである。当時モスクワの彼の小さなグループにはユダヤ人・ドイツ人・ロシア人・リトワニア人からなる十数人の同志がいたが、その七年後には誰一人地上に残っていなかった。

「私はいまも、息の浅い中腰の人と話して苛立つ。どうしてもっと深く腰をおろさないのか。どうしてもうしばらく息を止めていられないのか。」「われわれが配役であるなどと、誰が言ったのか。われわれが監督《ディレクトア》であるなどと、誰が言ったのか。われわれが口述筆記《ディクタート》であるなどと、誰が言ったのか。」「私はわからないふりをしているのではない。私にはほんとうにわからないのだ。増殖する菌糸たちにはまた別の話題があろう。だが私にはそれは聞こえないし、それを聞く必要もないのだ。」

郊外の廃坑に残されているその場所に立つと、足元に骨のようなものが、わずかな塵とともに散らばっているのがわかる。私は骨と塵とを一緒に拾って骨壺に入れる（私にはどちらかと言えば塵のほうが大切だ）。私はこれらの塵と骨によって、なにか別の骨格、別の人格を作る方法を、いつか研究したいと思う。

「なるほどわれわれのいくつかの隣国では、あちこちでクニの純粋が叫ばれてはいる。しかしそれはわれわれの滅びつつあるクニのことではない（滅びゆくものは滅びるにまかせるがよい）。いまわれわれの諸隣国でこの語がさしているのは、この大陸の東半分で、世界神学に向かって波打つ、散布された血と大地の蠕動のことだ。滅びつつあるクニを敵としているあなたがたの陣営は、この不気味な国際、この怪物的な『世界』に加担しているのである。

ながいこと私は、あなたがたのなかに攻撃の音色であらわれてくる懺悔の旋律を、かぎりなく憎んできた。われわれは今日まったく別の方向に顔を向け、まったく別の敵に向かって闘っているが、どうかそれを私の未熟のせいにしないでもらいたい。あなたがたが踏み込んでいるあたらしい平坦な帝国への道が、一日も早く、いたるところで立ち上がる異質や不通や不均質によって打ち砕かれるように、願わずにいられない。」

その人の息子として、四十五年後の破れたソファにもたれている私には、あたりは薄暗く、すべてがよく見えない。たぶん私の人生はまだ終わっておらず、私には私を動かすものの仕組みがまだよくわからないのだ。だが大筋のところ、われわれは吊られているものと思う。私の背筋、私の指先は見えない糸によって吊られ、上方から操られているものと思う。そうでないとなぜ私が立って歩くのか、よく理解できないからだ。またそうでなければ、なぜ私が糸を切られ横たわるのが好きなのかも理解できないからだ。それゆえ私にとって、上方とはもっとも大切な方向だ。

こうして薄く目を閉じていると、ふとその初冬の父が、白髪になった私の姿で、鍵のかかっていない玄関の扉を押し、かすかに涙ぐみながら訪れてくるような気がする。その道筋で、父の魂はきっとカタカタと揺られてきたのであろう。眠りに誘われ、頭を深く後ろへ倒すと、私の翳ってゆく視野を、道々の父の姿が鳥の形をして飛んでゆく。薄暗いオイコス。やさしい家政の暗がり。不確かな語彙がいくつか、木々のように縺れて私の下半身を通ってゆく。

シュパーニエンス・ギターレ——2000.1.

きっとそれは、どこかで私たちがいくぶんか無垢なままでいたからだろう、とエルナン・コルテスが言った。私たちによって焼き払われた村々をぬけ、狭い地形をぬって進んでゆくと、道のほとりでささやかれる言葉や、ふと流れてくる歌が私たちに何も伝えなくなった。それは言葉の通じない人々の道でした、とペドロ・アリアスが言った。私たちはその道で見知らぬものでした、俺たちがおまえたちを拒むのは、どんな汚いことを口にしても、おまえたちが修道僧の姿をしてここを通るからだ、と彼らは私たちに言うようでした。人々言葉は石のようでした、とディエーゴ・デ・ランダは言った。それは私たちの言葉を正確に理解し、あたりで石を拾っていた、それはすばらしい言葉の力でした、とゴンサーロ・フェルナンデスは言った。だが正確とは何ですか。私たちはまだそのとき一言も口にしてはいなかったというのに。せまい地形では、吐息のようなものさえとても大きく響き、ことがらは知られないままに、ただ口調だけがそこに残りました、とロドリーゴ・デ・フィゲロアは言った。だが口調とは何か、それはあなたが言葉を理解しないときの、理解されないままに使用される言葉の皺寄りのことではないのか？　私たちは顔の見えないあたりの人々の気配にむかって尋ねた。背後で音たてている沈黙にむかって尋ねた。私たちがここを立ち去れば、人々はこの狭い地形に棲むことの苦しみを、ほかの憎悪、ほかの悔恨に変えることができよう、とロペ・デ・アギーレが言った。それでいいですか？　そのほうがいいですか？　言葉がわからないとき人々が愛し憎むのは、いつも自分の影だけだから。私もまた、この狭い地形を巡りながら、ただ同じところばかりをめぐっていたのかも。だれに会いに行こうとしていたのかも忘れたまま、私たちはあまりに多くのことを語った。じつのところ私たちは、決して口を開くことがなかったのだ。

「告知はしばしば、あたりにだれ一人いないとき、樹木や無人の小屋にむかって読まれた」と、ルイス・ハンケは『催告《レケリミエント》——きわめて注目すべき文書』のなかに書いている。「また山のなかへ逃げていった彼らの、一キロも後方から読み上げられることもあった。しかし彼らがあたりにとどまっていたとしても、事情は変わらなかったであろう。なぜなら私たちの言葉は彼らに通じなかったのだから」。

パラシオス・ルビオスによって精神はどのように取り集められたのか。精神は物質だから、人々が集められるとき、その身体とともに、精神もまた狩り集められたのです。では身体はどのように集められたか。身体は精神であるから、架空の命令に従う魂のように、見えない気流によって身体はそこに集められたのです。ところでここに、生命を賭すべき人々の企てがあるとして、逃れようとしながら不本意にそれに巻き込まれたものと、全身を挙げてそれにみずからを投げ入れたものとの間に、どのような違いがあるのだろう。またその企てが、のちに悪事であると語られるようになった場合にはどうか、とコンスタンティーノ・バイレが言った。私たちはあなたがたを救うためにここにきた、とかつて私たちは言いました。だが私たちはあなたがたを殺し、あなたがたから奪いました。私たちはそのことをあなたがたに謝罪し、その謝罪がとても深いものであることを証すために、私たちが語ったことすべてが嘘であった、と言います、とラス・カサスが言った。ああ、そうではない。そんな言い方では謝罪ということが壊れてしまう、とベルナール・ディアスが言った。かつて語ったことが嘘であったと私たちが言うならば、

（そのとき、すこし離れたところで、誰かがギターを弾いていた。それはスペインのギターであった。）

そのことは、私たちが今日語ることも明日語ることも、同じように嘘であることを意味するであろうから。私たちはむしろこう言うべきだろう。かつても今も、私たちは決して嘘など言ったことはない。私たちはあなたがたを救うためにここへ来た。それは真実のことであった。しかし私たちはあなたがたを殺し、あなたがたから奪うことになった。それは、どこかが間違っていたからだ。そして、どこが間違っていたのか、私たちはいまそれを言うことができる、と。私たちは私たちの神が移行して、別の家に入ることについて、もは

や無垢ではない。だが私たちの心が、あなたがたの神殿のように空洞なのだと言いたいわけではない。そうではなく、いまこそ私たちはそこに、私たちの「誤りによって汚れた」神を棲まわせることができる、と。

大使たち————————————————2001.1.

深い息をしながら、クラウゼンがその窓の下を通っていった。私は彼の息がゆっくりと満ち、引くのを見ている。「ゆうべ、もう一度弾いてみたのですよ。何年ぶりかでほんのすこし。二、三時間でしたが。そして今日もまた少しだけ。でも時間がないのですよ、私には。私には、いつも時間が」。影になって勾配を下るとき、いつも彼には顔がないように思われた。その人には咽喉が。その人には腕が。そして足だけが、暗くなった斜面を下っていった。

私の通信は居間の黄色いラジオに仕組まれた装置から、約二千二百キロ北方の中継地を経て、軍第四部へと正確に送られるだろう。大使はまだ私の正体を知らない。いつも自らが置かれた関係だけに忠実だったから。その人は三年前、現在では敵である国のために、同じ忠実さで尽くしていた。そして彼は生涯、そのことの（絶対的な）意味を知ることがないだろうと私は思う。

何年か前、私はあなたを追ったことがありました。あなたを追って薄暗い旧市街に入り、あなたがそこにいるはずの窓を長いこと眺めていた。その窓のにぶい明るみのなかにあなたの影が浮かび上がるのではないかと。それはまもなく白い花があたりに咲き広がろうとしている頃のことでした。私は痕跡を残すべきではなかった。だが私はあなたを追ってゆき、その汚れた玄関ホールの錆びた郵便受けのある壁に、たしかに自らの名を刻んだ。そして、その暗がりに長いこと立って、窓を見上げていたのだ。

この国のために骨を病んだ女がただ一人、空洞になった背筋をのばして、美しい声で歌うのを私は聴いたことがある。あなたの統治は千年、いや八千年、砕かれた石がやがて溶融して岩となり、ゆっくりと時間をさかのぼって、薄い蘚苔類を生やすときまで続くだろう、私はそれを心から祈っている、と。それは美しい声の歌だった。それは限りなく美しい声の歌だった、と私は何度でも言う。

つまり外交とは、何かを新しく信じることではなく、信じてきたすべてを棄てることなのだ。夜半過ぎの冷え始めた空気のなかで、跨道橋の鉄の手すりに、コガネムシがあたって何度も乾いた音を立てていた。

そして今この国の（とりわけその軍組織の）奥深くに執拗な第五列を組織しつつあるその人は、この国と私たちの祖国との同盟が、のちの暗殺者たちの一派によって作られつつあることに、気づいてはいなかった。外務大臣は十数年前、あちこちの町を通り抜けてゆくワイン行商人であった。彼はこの同盟において、たんに自らの個人的なキャリアのために暗殺者たちと密通していたにすぎないのである。

《こちらでは十月、すべての木の葉は、黄というより金色に変わります。こちらでは寒さは肌からではなく、地下から足裏を通って這い上がってきます。あれから十年私はもうあのころの私ではありません。もう死ぬまであなたとお会いできないかもしれません。誤って記憶された手紙と、失われた手紙との間で、私ではない何か別の存在があなたの記憶に刻みこまれて残るのはおそろしいことです。

こちらでは落ち葉は音を立てて路上に落ちます。そしてぼろぼろに崩れてゆくのです。あなたが見ようとしていることは、きっと私にはとても恐ろしいことなのだと思う。その事柄が落とす影の中で崩れ落ちてゆく親しいものたちの力――あなたにそれが信じられればいいのに！》

だが私にとって恐ろしいのは、このときの細い手と指の力が（それはその瞬間途方もない精神の力によって文字を刻んでいる）、この薄い紙を何枚も深く凹ませてながく残る、ということのほうだった。正直言って、私にはもうそれを読み返す資格がないように思う。これは私に宛てられた言葉だ。そして私にだけ向けられた言葉などというものを、私はもう読まないほうがよいのではないかと思うのだ。

ヴーケリッチ！　この明るみのなか、光のなかでは、遅れてきたものだけが私たちに姿をあらわす。遅すぎたものたちだけが私たちを招待している。そのものたちが招いている掌が、秋の木々の葉のように揺れている。だがすべては暗がりのなかで始まり、光を奪われた暗がりのなかで終わる。――裂かれるパンが、そのたびにかすかに、嘆息に似た小さな声をあげるようだった！

ワタシ何シマシタカ、ワタシ利口デス、強イデス、危イハ心配デナイ、心配シマスナラ、ヒトハイツデモイイ働キデキマセン、ホントウデス、ホントウデキマスナラ、ヒトハイツデモ危イデス、危イノガ好キデナイヒトハイツデモホントウデキマセン、ホントウデキマセンナラ、ヒトハイツデモイツデモ戦争デス、戦争ナガイ、ヒト幸福アリマセン、アナタ、ワカラナイ？*

私たちが法によって語れないのは、私たちが法を知らないからではなく、私たちがあの「底なし」からやってきたからなのだ。またある者たちが法の言葉を話せるのは、自らが法にではなく「底なし」にこそ帰属していることを、彼らが知っているからなのだ。

しかし私について言えば、私は多くのものを裏切ったとはいえ、初期の私があの軍港でその友であった人々を、いまも決して裏切ってはいないと、かたく信じている。だからその背後に憎悪に満ちた、青白い顔で立っていた男（私たちの敵カナーリス）が、自らの陣営を裏切り、もはや秩序のためではなく（いまや守られるべきどのような秩序があろう）単なる報復として（もっとも残虐なしかたで）燻製庫の鉤に吊るされようとしていることに、いささかの同情も覚えることはない。

それゆえある意味で、私もひとりの大使なのだ。つまり私は、ここで申し述べることについて誠実でありたい。だが誠実《エーアリヒ》であるとは、あなたがたがその国や、世界理念や、隠された観念のエージェントに忠実《トロイ》であるのとは違う。

私は西へ向かって走る車両のとても高いところで、後方へ流れてゆく光たちの流体遠近法を見ている。日はすでに暮れており、私の手元には小さなスポットライトが落ちていて、私が追っているのはわずかな文字の列だけなのだが、そう、もうここまででよいだろう。このあと私はつぎのように書きさえすればよい。「夜明け近くになると死者たちの残した言葉たちが匂っていた。生きている人々の言葉は決してそんなふうに匂うことはない」と。

誠実であるとは、決して何かあることに対して（あなたの外にある、あるいはあなたの内にある、何かに対して）忠実であるということではない。このことは、ひとたび自分自身への帰属を解かれたことのある者には、すでに自明のことであろう。誠実であるとは、なにかもっと絶対的なことなのである。

＊石井花子『愛のすべてを』より一部変更して引用。

エマオスにある————————————2001.4.

暗くて寒い日の曲がり角にはなにか特別な感じがあるように思う。
（どこかでキャベツを刻む音がしている）

おそらくどこかこの近くで、キャベツがとても細く刻まれているのであろう。灰色が別の灰色に変わってゆく。路面に撒かれた黄鉄鉱の砂をわずかにずらして、匂いが別の匂いに変わり、人々が誰も、自分を生身の人間のように感じるとき、

すべての詩はそれぞれ一つのもの（それは決して名ではない）を呼んでいる。――それがこの詩の意味である。そしてすべての詩がそうであるように、この詩もまた、かつて誰によっても呼ばれたこと

のないものを呼んでいる。

しかしこの詩は「すべての詩はそれぞれ一つのもの（それは決して名ではない）を呼んでいる。——それがこの詩の意味である。そしてすべての詩がそうであるように、この詩もまた、かつて誰によっても呼ばれたことのないものを呼んでいる」——と言っているのではない。

そうではなく、この詩はただ呼んでいるのである。——その呼ばれているものを。

II
アンユナイテッド・ネイションズ

一年ののち————2002.1.

少しのあいだ私は眠っていたようだ。気づいたとき、それとは別のことを私は書いていたから。

一九四八年十二月九日第三回国連総会で採択され、五一年一月十二日に発効した「集団的殺害罪の防止及び処罰に関する条約」は、「ジェノサイド」を次のように定義している。それは「特定の国民的、人種的、民族的、宗教的集団の全部または一部を破壊する意図を持って、a集団構成員を殺害し、b重大な危害を加え、c肉体的破壊をもたらすような生活条件を課し、d集団内の出生防止措置をほどこし、e集団の児童を他の集団へ強制的に移すこと」である。この罪が扱うのはその集団の現実の殲滅ではなく、その殲滅を意図した行為である。つまり「××人（××教徒）は地上に存在すべきでない。彼は××人（××教徒）だ。だから彼を殺してよい」という原理によって行なわれる殺害は、その被害者が数百万人であろうと数千人であろうとあるいは数十人であろうと「ジェノサイド」であると見なされる。この犯罪に関する審理は、それが行なわれた国の裁判所、または国際刑事裁判所で行なわれる。この犯罪にかかわる罰則は、その政治的責任者だけでなく、それを企てた私人、およびそれに加わったすべての私人に適用される。（これは十一月の断片。この条約についてヒントをくれた法学部山本太郎君に感謝する。次の部分は二月と十一月に書かれたもの。）

寒気の流れにそって通路が作られている。岩壁が見え、私たちは斜行して
やがてそのまま中空へ出て行った。「すべての殺戮を均質な悪と見なすことは、
あなたが決して殺さぬ人であるときにだけ可能である」。空中に細い虫の形をした機械が登場するが、
やがて糸を切られたようにゆらゆらと落下しはじめ、私たちは虫たちが光のなかをよぎるときの
わずかなちらつきを、鮮明な解像度で見ているようだった。あなたがたまたまその「理由」をまぬかれている
からといって、
「理由」あって殺し、殺されている人々を侮蔑し、非難し、嘆息する資格はあなたにはない、
と私は思う。何かが窓を叩く音が小さく聞え、あなたが窓を開けると「法」が薄い寝巻き姿で、
震えながらそこに立っていた（「法」は夜明けまで、寝巻きのままバルコニーに出されていたのだ）。「抑圧こそが
私を私にしていたのだから、解き放つことであなたは、私に私でなくなれ、と言っているような気がする」。私
たちはそのとき
おそらく声を出して話していたのであろう。私の耳にはそのとき、
だれかの声がずっと聞えていたから。

現在、以下の戦争が許容されており、ある場合「義務」とされている。a個別的自衛権の行使、b集

団的自衛権の行使、c「敵国条項」による軍事行動、d国連自身による強制行動。このうち集団的自衛権とは、複数国家が武力不行使を約束し、もしいずれかの国がそれに違反した場合、他のすべての国が当該国に武力によって制裁を加えることができる（加えなければならない）ということであり、これが国際連合《ユナイテッド・ネイションズ》の原理となっている。戦後はじめて、これが原則どおりに実行されたのが、湾岸戦争における多国籍軍によるイラクに対する軍事行動である。「敵国条項」における「敵国」とは、日本・ドイツなど第二次世界大戦の敗戦国のこと。なぜなら第二次世界大戦後の「世界」の法的なありかたを決定したのは「連合国《ユナイテッド・ネイションズ》」だからである。（以下は先の断片のつづき。）

暗い階段があり、細い影の人がその手すりに凭れて立っている。「殺してはならない、
と私は言う。あなたがたはもちろん殺し続けるだろうから」というのが、
「殺すべからず」という言葉が神から与えられたときの
最初の意味である（どうして言葉に「禁止」することなどできよう）。あなたは、
ながい哀悼劇の登場人物になろうとしたのかもしれない。だが残念ながら、これから十年、二十年、
あなたが「脅かされ、怯え続ける」などということは決しておこらない。選択はつねに相対的だが、
人々は（相対的にであれ）必ず選択するだろうから。いずれにしても私はいま、
あなたがどう感じているか、というようなことを聞きたいわけではないのだ。

「国際」とは、主権をもった国家権力が複数存在するということである。このことがなりたつための条件は、それぞれの国家が、自らの意志と行動を明示し、互いに対して「可視的」であること、複数

の権力が明るみに出されて、それらが相互に相容れないとき、つねに対立に向かって開かれている、ということである。またこのことが、いずれかの国家権力のもとで生きている個人に対してもつ意味は、私がこの国で生きられないとき、別の国へ、別の法のもとへ逃亡することができるということである。ここでもっとも恐れるべきことは、いずれかの国が「脱退する」こと、「隠された」領域へ出て行ってしまうことだ。このことを防ぐために「国際」社会は、自らが機能不全に陥る危険をも算入した上で、主要国に「拒否権」を認めているのである。（この断片は十一月のもの。だがまだ十分に説得的なものとはいえない。次に記すのは九月五日のもの。この語り手は、以下に述べる「力」である。）

声は途中で裏返しになり、中空に向かって震え続け、ゆるい打音と弾音と震音が
それにおくれてついていった。ダマスカスを通って私はシリアに入った。私たちはそこで落ち合い、
まだ顔がなかった頃のように、多くの足だけになって路上に散らばり、ここでは空気が不思議な澄みかたをし
　ている、
と感じていた。声はいたるところで幾重にも裏返り、遅い打音がそれに縺れ、揺れる手のひらが見え、
見分けられない顔がいくつも中空に現れ、やがて私たちを「中枢」に導いた。どんな時代になっても、
私たちを受け入れる「中枢」が、世界のどこかに存在するのだ。私は何一つ変化しなかった。ただ
場面《コンテクスト》だけが変わったのである。変わることのない私たちの身振りが、いつまでも中空に
現われては消え、現われては消え、している。

あかるみに出されている複数のものの秩序を、隠されたまま動く不変の「力」から守るためには、目

に見える国際法廷、目に見える国際警察が必要だ。その行動が実効あるものとなるために、それらは成文法を持ち、指揮系統を持たなければならない。だが国際司法裁判所がすでに存在するとはいえ、常設の国連軍は存在せず、国際刑事裁判所も旧ユーゴ、ルワンダについてそのつど「臨時に」設置されたにとどまっている。なぜそういうことになるのか。ここにあるのはひとつの大きなパラドックス——もしそれらのものがほんとうに常設のものとして、実効あるものとして、存在するとしたら、それこそが他の何にもまして、「国際」の論理を否定するものになる、というパラドックス——である。

（とくにこの部分は、何らかの答えをあらかじめ想定して書かれているわけではない。つまり文字通りの疑問である。この詩に「ネイションズ」という題名をつけよう、とこのとき思った。以下は五月の断片。）

おまえがバルコニーへゆけるように、今日は少し窓を開けておいた。どんな詩にも
（それが正しい詩であるなら）必ず一つ、バルコニーへ通じる道があるのだ。縞模様のおまえが
金の毛を揺らしながらバルコニーへゆけるように、今日はすこし窓を開けておいた（このときおまえは
「法」以上のものだ）。おまえは壁のとても高いところに文字を
刻んでいった。おまえがいなくなった後も、文字は壁のとても高いところに
（刻み込まれた彫刻のような姿で）残っている。風が吹き、木がゆっくりと葉を揺らし、白い花が
また別の白い花に変わり、おまえを送るために咲いているような花の、何年も前に
おまえがやってきたときと同じ匂いが、また中庭を覆っている。

おまえはその夜、他のどこよりも好きだったバルコニーに横たわって（その体の中での）

最後の夜を過ごした。首をねじるようにして私が上を見ると、軒先に見え隠れするように
異教の暦どおりの、薄い半月がかかっていた。

私たちはいつも身辺の些事、心の中の固有ばかりを、それこそが「大切な」ものであるかのように、隠し、同時にあらわにしてきた。「世界普遍」の隠されたエージェントのような、ちょうど半分ほど影になった顔のまま、暗いものがどうしたら「力」を持てるか、隠されたものが侵犯し、逸脱することがどうして「正当」なのかを、私語し続けていた。だがそれらはたんに悪質な、たんに狡猾な、詐術にすぎないのではないだろうか。「私の不幸は誰のせいか」とあなたが言うとき、あなたが生きていることが、そのとき突然すべての人々にとっての不幸になるのではないだろうか。そう、隠されたもの、決して明るみに顔を出そうとしないままで「力」を要求するものを、警戒しなければならないのだ。（この連載詩を「アンユナイテッド・ネイションズ」と名づけることにした。ただしこのうち「ネイションズ」の語は、いずれかの時点で抹消することになるかもしれない。次のものは十一月の断片。）

掟に触れもしないのに私を把捉し、国境を超えてもなお私を追ってくるものよ。あなたは
あなたが何を感じているか、私が何を感じるべきか、その暗い領域で起こることを、大きな文字で
空中に書き記している。そしてそれを、ただ一つしかないとだれもが（誤って）思いこんでいるこの「世界」に、
だれにも聞きとれない、大きな声で告げ知らせているのだ。

北西の斜面を越えて——2002.2–6

1

弟子となった少年は、この寒い中庭になお冷気を送る管があるのを不思議に思いながら、翌朝五時に目を覚まし、ラマを起こした。グルよ、いよいよ出発の時刻です。

神の世界創造についてのノート。二つの表象。①「無からの創造《クレアティオ・エクス・ニヒロ》」。神の意思の完全な自由。いかに悪しきものが存在しても、それは神の自由な創造による。ユダヤ教・イスラム教正統、キリスト教初期神学。②「流出《エマナティオ》」。神は満たされた一者であり、あまりに満たされているために流出して「多」を生じる。唯物論的な必然としての神。プロティノスに発し、ユダヤ教カバラ、オリエントのグノーシス主義へ。

ノート続き。②は、のちキリスト教神学の中に流入する（新プラトン派、アウグスティヌス、偽ディオニュソスをとおして）が、①との間に矛盾を生ずる（神は自由であるはずだ！）ため、多く異端とされた。だが②はほんらいギリシャ起源で、唯物論的な存在の一体性と多神教とを接続する機能を持つため、ユダヤ・キリスト教的な一神教とギリシャとが融合して「ヨーロッパ」を形成するさいの、影の論理となった。オリエントでも、イスラム教が多神教としてのゾロアスター教を従属させるとき同様のことが起こった。②は、キリスト教正統神学から退けられたのち、自然科学の中に入り込んでアトミズム（モナド、DNA！）、進化論などをもたらした……。（以上のノートは一九九五年のもの。ショーレムやフォルミガリの著書を参照した。）

この街で人間たちはみるまに増殖し、いたるところで中庭に満ち溢れていた。部屋にわずかのあいだ西陽があ
たり、
空中に均質に舞う塵を映し出すと、まもなく暗がりに溶け込んでいった。私は裏壁の雨樋を伝って中庭から中
庭へと行き来し、
女たちと取引した。一晩に数人を「手配」したら、その金でキシャするんだ、と私は思っていた。
キシャ？
私はそのとき、まだ喜捨ということの意味を知らない。私は十二歳だった。
私には我欲以外の何ものもなかった。だがヒマラヤを越えてラマが来るとき、私はその欲望のすべてを、一夜のうちに喜捨するのだ。夜半までに私は七人を「手配」した。雨樋を伝って窓から窓へ飛び移るとき、私は一種のサルであった。私は毛のない顔を持つ。色はこんなに黒いが、私はアイルランド人なのだ。私は十

二歳だった。

一九〇二年、言語危機はオーストリア＝ハンガリーで発生し、プラハからパリを経てローマ、カプリへと拡大していった。だがそれは単なる「危機」ではなく、語と意味の容器が、帝国から国民国家へ、さらにインターナショナルな「世界」へと、事実として変形してゆく過程を意味していた（この「危機」は、はるかに遅れて一九七〇年代にはじめてその名を得ている）。この過程はまた、地政学が、世界戦略上のハートランドを西シベリアの中空部分に発見した時期と一致している。

だがほんとうは、これらすべてのことに先立って、「世界」のほうからプライヴェートなものへの侵入が、起こっていたのだった。井戸掘り職人たちの「地質調査書」が、一八九二年、斜面を北西に向かって越えていった。

私たちはこの文書が、何か隠された情報を運ぶものであることを知っていたが、それを決して尋ねてはならないと思っていた。散文はこうして「世界」を漂うものになった。

調査書は正確な散文で書かれていた。散文は「世界」のなかで今日も美しい肉体のように、その場所を占めている。しかし私たちは歯を持つ、醜い虫だから、世界の散文からいくつかの言葉を「切り取る」。それにイリジウムを加えて器の形に作る。

私たちは決して場所を占めない。ただヒンズークシを越え、その先で、みずから小さな器の形になるのだ。

2

「虫たちは財貨でした」とその家の主人は言った。「財貨」が「容器」に変わり、やがて「記号」へと移行してゆく時間の系列に沿って、虫たちはそこに並べられていた。いくつかの虫たちはすでに錆び始めていた。私はそこで、その虫たちの「暗がり行く」感じを描いてみたいと思いついた。その建物の上を、影と明るい部分との境い目が、ゆっくりと動いていった。

先進国の海洋支配に対抗する後進帝国主義国の「内攻」的な拡大は、ユーラシア大陸の心臓部を押さえる以外には不可能だった。「君たちはジブラルタルを略奪した。われわれはカフカスを越えてゆく」。ハウスホーファーはこうした発想を、一九〇〇初年代に彼が滞在した大日本帝国の大陸政策から学んだ。後進帝国主義国にとって、獲得できなかった実体としての海外領土に代わる唯一のものは、内陸の、あるいは内面の領土獲得以外にありえなかった。日露戦争以降現在まで、こうして私たちの詩は「表立って語られるべきでないこと」を「表に出す」ことに、公的な意味があるかのようにふるまう、解読不能な言語になった。

ヒマラヤを越えてラマが来る。巨大遊戯《ザ・グレート・ゲーム》は私たちの夜の陣取りから始まった。
一神教徒の子供たちが次々に樹上から落下する。彼らの影が地面に向かって不意に大きくなり、次の瞬間
もう泥の中に叩きつけられている。あの生きものはパーリアだ。間違っているかもしれないが、いつも別の顔
　に覆われて
その顔が見えないから。そしていくつもの文字の写しをあちこちの階段室の入り口に貼り付けていった。どん
　な巨大資本も
投下されて数秒後には「砂漠に水がしみとおるように」跡形もなく消えてなくなる。塵芥の親たちが塵芥の子
　供たちを生む。
ただ塵芥だけが増殖し、修辞だけが中空に残る。それが「詩」――正真正銘の先進国の屑なのだ。

（この断片は、キプリングの『キム』を、遠い物語的背景としている。「ザ・グレート・ゲーム」は、T・E・ヒュームの「チェス盤」や「灰燼」とともに、帝国主義的「世界」を語るための典型的なメタファーである。そしていま、これら数個の帝国主義的メタファーが、私たちの十八世紀的「認識」に次のように反問している。）

目ノ前ノ男（タチ）ヤ女（タチ）ヲ殺スコト（アルイハ虐待スルコト）ガ戦争ナノデハナイ。モシ戦争ガソウイウモノナラ、ソレハ「道徳ノ法則」ニヨッテ与エラレル明晰ナ答エヲ持ッテイル。「殺スナ」。「虐待スルナ」。（ソコデハイマモ「世界倫理」ガ機能シテイル）。ダガ戦争ハ決シテソウイウモノデハナイ（トイウコトヲ、スデニアナタハ知ッテイルデハナイカ。モウ十数年、散弾ノ下ニ身ヲ晒シツヅケテイルアナタハ）。戦争ハ（ソレガ「殺スコト」ダトシテモ）人々ト、ソレトハ別ノ人々ト

（マタソレトハ別ノ人々ト）ガ「殺シアウ」コトダ。コノ何千何万ノ人々ノ命ト私ノ命ヲ交換セヨト迫ル、ヒトツノ倫理ト、別ノ何千何万ノ人々ノ命ト私ノ命ヲ交換セヨト迫ル、別ノ倫理ト（サラニ別ノ何千何万ノ人々ノ命ト私ノ命ヲ交換セヨト迫ル、サラニ別ノ倫理ト）――コレラ複数ノ倫理ノ間デ、強制的ニ（アルイハ自発的ニ）「ヒトツノ」倫理ヲ選バサレルコト――コレガ戦争ダ。「道徳ノ法則」「世界倫理」ハ、アラカジメソノ倫理ノ命ズルモノガ、単一ノ、自明ノコトガラデアル場合ニシカ意味ヲモタナイ。複数ノ倫理ガ衝突スルトコロデ「道徳ノ法則」「世界倫理」ヲ行使シタラ、ソレハアナタガ「好戦的」デアルコトヲシカ意味シナイ。一人ノ人間ヲ（アルイハ多クノ人間ヲ）殺スカ否カ（虐待スルカ否カ）トイウコトニヨッテ導カレル「自明ノ」当為カラ、「単一ノ」倫理ヲ作ロウトスル者ハ（ヒトタビ戦争ヲ前ニスルトキ）、「好戦的」デアル。ソノ人コソガ、マタアラタナ戦争ヲ作ルニチガイナイ。ダカラ、最後ニ到達サレルベキ唯一ノ正義――ソレハイクツモノ正義ガ「併存」スルトイウ正義ダ。

いくつかの建築の上で、影と明るい部分との境い目が動いていった。陽が西のほうへ回ってゆくとき、私は西側のバルコニーで妻がその没り日を見ているところを細いペンで描いた。やがて夜にみぞれが来て、このあたり一帯の地面をびしょびしょにしていった。私は喉の奥に寒気が吸い込まれるときのしみるような痛みを感じながらいくども水銀灯の光の下でその地面を歩いた。最後に私は玄関前のベンチを濡らしている細かな水滴を美しいと思い、この水滴で絵の全面を覆った。こうして夕暮れのバルコニーはこの絵から姿を消したが、妻はなお、水滴の奥へ見えなくなったバルコニーにすわって、いつまでも西へ回ってゆく冬の没り日を見ている。

3

「M一等兵は出征前からすでに日本では知られた詩人であり、任地についてからも一連の床しい詩作によって兵士たちに心の糧を与えてきた（だがその詩はもはや残されていない）」。河を遡る途中、湾曲を曲がるたびいくつもの光のステーションが私たちを待っていた。柳の長い枝が水面に掌を入れていた。高原にいたるまでに六つの渡河地点があった。それらの地点を過ぎるたび、私たちは急流と敵襲のためいちじるしく員数を減らしていった（私はながい待機状態にあった。私ははげしく任務に飢えていた）。微細な虫が私たちの体の、穴という穴から侵入した。夕暮れ歩哨に立つとき、私たちは稠密な布を顔に巻いていたが、発熱は速やかにやってきた。Mはその最初の感染者たちの一人であった。その翌日は雨で、彼はふらつく足取りで小屋への木の階段をのぼってきた。「目の前に私がいるのに、彼は私の名を連呼しながら」（とseoは書いている。）「そのとき彼の目はもう昨日までの彼の目ではなかった」。床をよろめくたびに、軍靴からは黄土色の雨水があふれた。「乳色の霧。その切れ目からときおり姿を見せる月。延びてゆく植物たちの腕。部族たちの神」。この王国にきみは残れ。きみが残るならおれも残る。兵士たちがみな立ち去った後、二人して原始に戻るのだ——半ばうわごとのように、Mはそう語り続けた。

（『カチン族の首かご』にseoが記すところによれば、Mはチフスとマラリアに類似の風土病メッカロンに罹患して死亡したと推定される。それが末期には全身衰弱と精神錯乱をともなうことは、その後に続いて記されている、部隊の三分の一を超える感染者たちの病状に照らしても明らかである。）

この地域一帯で、国家は悪ではなく、たんに不可欠の媒介に過ぎない。なぜそれが不可欠なのか。この媒介によってのみ、私たちは国家の複数と国家の中の複数を作ることができるからだ。なにより恐ろしいのは、国家への敵意によって世界が一つになることだ。憎悪を普遍的に組織するもの、普遍的な「悪をあばく」もの、「全世界の××」の名によって語るものは、ふたたび同じ罠の中へ私たちを導くことになるだろう。必要なのはただ、希望に具象的な形を与えることだけだ。

a　ある言説が公的なものであるということは、そのテクストに（地位・職業・身分を添えない）個人名が署名されているということによって徴しづけられる。このことによって言説は、全世界の不特定な人々に対して開かれる。と同時に、それを公表したことにかかわる（それがどう読まれるか、どう機能するか、についての）すべての責任が、その署名者個人に帰せられる、という構造が生じる。

b　その発言は、このことを条件として、人々の複数の発言の間に、「その一つ」として（公的な発言として）登場する資格を得る。発言が公的であるとは、同じように個人名を付された言説の複数性の中に（つまり公開的な「議論」のなかに）、その複数性のうちの一つとして入ってゆくということである。

c　ところで詩は、いかなる地位・身分・職名も付されていない個人名で署名される表現であり、それらの特殊性をとりわけ遠ざける性格を持っているから、典型的な公的言説である。ただしそれは、

この神々の混淆地帯では、

私たちの唯一の神があの人々の神と、
そしてあなたの神とも軋みます。
私の唯一の神はいくつあるのだろう？――そう問うたとき、
先生《グル》はしばらく後方に目をやるふうであった。
私たちの背後には誰もいなかった。風は止まり、
そこには均質な光が満ちているように見えた。
二月一九日早朝、
赫土の、散乱してまぶしい光の中で、
何かが私の肩を押した……。

雪の斜面に、そのとき片方の翼を削ぎ落とされた巨大な天使が斜めに立っているのが、上空から認められた。不時着はその直後に起こり、彼の言語的な離脱と逃亡はこの天使の足元から始まっている。私たちは搭載カメラからの映像ですべてを見ていたが、出来事の「理由」をうまく捉えることができなかった。この視線は離脱や逃亡を形式に対する逸脱として、形式との関係で理解する他に方法を持たなかったからだ。しかも私たちは（あの雪の中の）人影の幻覚なしに語らなければならなかったから、出来事の全体を静的な構造と、その外部から訪れて来てそれを逸脱し更新する「力」とからなる動態として記述するしかなかった。外部を実体に算入してしまえば、「力」それ自体がこの陣営の一部とみなされるから、そうならないために、「力」は形式の生成と変容から事後的にのみ析出される、論理空間に帰属しない、ある絶対性からやってくると考えられねばならなかった。上空からの（衛星からの）視線は針葉樹林のなかを逃亡する彼を正確に捉えたが、それは同時に雪の斜面の言語論を、いわば「裏口から」呼び入れることになったのである。そこで考えの方向をもう一度反転させる必要が生じた。雪が降っている。「言語は雪の中の人影とその写像である」と考える斜面の言語論によっては決して捉えることができないような言語の特性（ここでは自立的な構造としての言語こそが、雪の斜面と、そこでたしかに私たちが見たはずの人影の成り立ちを規定していると考えられた）はどこから来て、どのように私たちの信憑を得たのか。じつのところこの問いそのものが、モノたちがすべて根こそぎすべりおちてゆく雪の斜面の、その傾斜の延長上でしか可能にならなかったのだ。私たちは、斜面そのものを「持ち上げ」なければならなかった。言語は雪の中の人影であり、その自己完結した構造は写像にすぎない、という論理の先に、もう一つの写像を作る必要があった。「決して写像でないもの」は、「写像の写像」を増設することによってしか包括されない——こうして私たちは別の文字を呼び出すことになった。それは書くこと（書記）としての文字ではない。書記は言語の「本質」の延長であり、話し言葉を含めた言語の本質がもっとも明示的に現われている局面である。だがここで考えられるべき文字とは、針葉樹林を抜ける彼の逃亡がただ物質のみを頼りに遂行されるしかないと同様に、戦略と技術が無際限に加担することができ、無限に複製することができ、やがて斜面を越えてどこまでも繁殖するように見える、低温増殖する菌類としての文字である。雪が降っている。彼が針葉樹林のなかを逃げ延びたとき、上空からの（衛星からの）視線は奇跡のように彼の影を捉えていた。雪の中にその黒い姿を浮かび上がらせている天使は、大きく損傷していたが、削ぎ落とされた翼の傷口部分から数個のメッセージを絶え間なく反復発信していた。最良の通信はつねに、よき人々からではなくむしろ敵から、もっとも遠い敵からやってくる。言語の本質から外へ出されている、自動増殖する「文字」こそが、ここでの言語の謎の中心である。針葉樹林を縫ってつづく離脱の道が、文字のテクノロジーの一定のレベルへ引き渡されるところで、測定されるのはもはや書記の意味というよりも、書記の「公開」をめぐる条件である。そこではいつも雪が降っている。書記の公開は、テクノロジーへ引き渡される文字の記名・登記ということ——すなわち「文字の所有」ということに懸かっている。グーテンベルク！　だが降りしきる雪の中では一般的視力が私たちから失われているので、「手元にある」書記から始めるしかなかった。文字の抽出——「書かれる」ということはその斜面にふたたび傷跡を置くことであり、文字は秘められた離脱をあきらかな傷跡として目の前に置き、音もなく腰を上げるもう一人の人をそこから出発させている。意味の終点から「別の人」が出発すること。文字は「意味」へ行き着いたところでは終わらないということ。私たちはこれを「文字の超意味性」と呼んできた。ここから先、言葉は何か内にあるものを外に出すのではない、自ら外に出てゆくものになるのである。昨夜、彼と私はバルコニーに立って降りしきる雪を——降ってくる雪を風が不均質にし、街をまだら模様にするのを——見ていた。半世紀ほど前の建築が、数十メートル先でその壁面を道路に向かってぼろぼろと剝落させていた。一定の周期で繰り返される瓦礫化がまたこの地方にやってきた。錆びた看板の上になお文字が（「速記学校」と）読まれた。速記《シュテノグラフィ》！——それは（「考えるよりも速く書く」ことが求められた）前世紀前半の密偵たちの技術だ。この低地で半世紀前に、あるいは二千年前に、何と何が出会っていたのか思い出すがいい。ヴォゲーゼン・ボスニエン・ヴォローネジ。ただひとつの言語の流通圏があるだけならば、文字は必要とされない。だが雪の降る日ディナラ山脈を異族が下るとき、またたくまに繁殖する彼らの眼差しに対抗して——また彼らの眼差しにいくぶんか自らを移行させせながら——自らの言語圏の統一性を固執し、硬く打ち固めなければならなかった。そのとき文字は「必要」だ。なぜなら文字がなければ人々は半島を縦走してきた自らの長い移動物語と別れることができず、山脈を下ってくる異語に対して自らを限界づけ、対抗させることができないからだ。物語から延びる「眼」と「手」によって文字が刻まれたとき、この文字のよく冷やされた物質性が、流動的な規範に向かって一義性と、永続性の見かけを反射したのである。規範はそれ自体で存在する固形物として、はじめて私たちの魂に触れてきた。文字はそれゆえ本質的に「法的」なものだ、と私たちは言う。斜面と針葉樹林がいくども光り（それは闇そのものが「撮影」されているようだった）、私たちが「共にいる」ことに向かって、一義性と永続性の見かけを反射していた。「この低地一帯の魂たちをルールづけ、固定し、その像を作り出し、拘禁すること」と、「その固定された言語圏から腰を上げ、その居住の痕跡を拭い、移動に向かって心を駆り立てること」とが、そこで同時に起こっていた。一年たらず前——移送されたチェルドゥイニで、精神病院の三階から飛び降りて骨を砕いた。次に移送されたヴォローネジでは発作に襲われ、泥濘の路上に立ちすくんで動けなくなった（誰が？）。長いあいだ私たちは、固有性という入り口から入って歴史性へと至るねじれた回廊を信じてきた。薄暗い回廊のなかで文字は（書記は）魂を魂へ受け渡す媒介物・通信文でしかなかったが、私たちを順に配送してゆく経路の入り口では、雪の斜面とその「命名」とが、翼の折れた天使の巨大な影とともにいつまでも遠く光って、私たちと私たちの敵を、いまも恐怖させているのである。話されなかった言葉、書かれなかった文字が塹壕の扉を開き、とつぜん口を閉ざしたまま訪れてくるのではないか。文字が薄暗い回廊の伝達物質であることをやめて、外面的な物資がつぎつぎ投下され、深い雪の中に突き刺さっているこの斜面に（「怯え」こそを足場にして）ついに姿をあらわすのではないか。（話される言葉のなかでは「無」であるはずの）「閉じられた口」がよみがえって、雪の斜面の事実性の中へふたたび回帰してくるのではないか。「私たちの半島では必ずその位置に鳥そのものが造形されるだろう。だがここでは鳥たちのための空席だけがあるのだ」。「いったいどれほどに巨大な鳥が、そこに座ることを期待されているのだろう」。内在的な視線からすれば発語は自然からの抽出と変換の連続的な過程として眺められ、数個の伝言があの斜面から区別されるだけで、まだいかなる国語としての特殊性ももたない「普遍言語」である。だが声と文字を扱う視線を、ここでわずかに変更するならば……。私たちが上空から（衛星から）「全体としての」言語をながめるときには、その同じものが「物質言語」としてたち現れる。地形の中の落差、異和、異差、ずれによって発生するエネルギー移動が、同一空間のなかで消費されないまま地形自体を傾かせるとき、言語は言語として生成したと見なされる。私たちは離脱者自身に内蔵されたカメラを通してそれが生成するのを見た。いちめんの雪に眼を灼かれて彼が斜面を滑落するとき、「視覚中枢からの波動と聴覚中枢からの波動が複合する場所に言語の発生を見る」見方からも、「宇宙的な自然波動と生体の振動の複合したところに言語振動の発生を見る」見方からも、ある共通した言語の像が導かれる。一面に雪が降っているだけなのに、物質過程以外に何ひとつ存在しないはずの雪の斜面と、その中腹に立つ人影との、いずれにも還元されない独立した波動が発生する。言語は物質であり、混ざりけのない自然物であるままで、別の（そう、つまり「霊」の）次元を開くのである。ディナラ山脈を異語が降りてくるとき、物質言語は異族の言語から自らを区別し、あるいはいくぶんかそれに同化しながら、自らを規範として打ち固めなければならなかった。物質言語が特定の言語に変容するとき、言語はつねにそのなかに、「この言語」となることによって忘却された物質言語という起源を隠している。私たちはそれを「言語の無意識」と呼んできた。つねに個々の、特殊な言語しか存在しないのに、そのなかで、いたるところに、「物質言語」が耀いている！　私の体の中に何か壊れがあるとき、そこから生い立つ教会があるように……。「それは職分ではなく魂の名だ」。「魂は世界の中にではなく、剝落の中に生きる」。「魂には、身体の、瓦礫化する教会がある」。「魂にとっては、生涯に一度しかあえない人がいる」。私たちの視野は、こうして彼の視野とともに、写像のもう一つの写像を作った。私たちを包んで降っている雪を覆って降りしきるもう一つの雪があり、「閉じられた口」とともに、私たちは出てゆくだろう。「この言語」が滑落する斜面でただ反響するように語り続け、上空で自動的に増殖する文字がいちめんに降らせている「全体としての言語」のなかへ。私たちは公開される。ヴォゲーゼン・ボスニエン・ヴォローネジ・ヴィッテンベルク。印刷せよ。印刷せよ。印刷せよ。

ケシ、文字所有者たち——2002.8.

諸国民の欲望が整列するなか〜契約書が背中を濡らして帰ってくる。逸脱者は逸脱の法則に忠実に従う。悲惨をもたらすものが悲惨を被ったものの名を語る。ウガンダ？アルゼンチン？否もうひとつの神話の土地だ。私たちの歴史の終わりと私たちが終わった後の歴史を結ぶ契約は効力を保ったまま後方に向かって開かれている。雇い主は印刷の法則を決して破棄しない。ひとたび刻まれたものは半世紀後にその砕片までも露呈されるだろう。人々が帝国を去って想像の人工国家へ移っていった日と同じようにその日も折り重なる石の町を煌めくような雨が濡らしている。

弾薬の丘を覆って濡れた罌粟が咲いている。

文書は激しい外傷を負っている。なぜなら文字はいつも体を開いているからだ。その四肢に繰り返し息を吹き込むと名が除かれたあとの息だけがかすかに残される。おまえがなぜ削除されなければならなかったのか話してあげよう。

歴史の中に棲まないという決意が巨大な地歩だった。歴史は書記によってではなく隠匿によって記される。比類なき悲惨は悲惨以後の世界にすべてを要求しうるという信憑が二つの異なった倫理の線の繋ぎ目になっている。ねじれた年譜が途絶え次の年譜につながる夜が口を開く。日付のいくつかはすでに明らかである。一九一〇年九月十一日。一九一七年十一月二日。一九四二年五月十一日。一九四八年五月十四日。いまなお生誕の意味の側に立って戦うことをやめない。

形見を抱いて帰っていった原理的労働者の祖。殻だけを飾ってすでに身体の剥製化がはじまった小麦男。いくつかの日付の終焉と交替は空欄のままだ。剥奪と充填を繰り返し最後の内臓までゆっくりと文字で詰め物されてゆく。夜半から夜明けまでおまえはその模像の裏で眠った。緩慢な眠りだけがおまえの受けた唯一の恩恵だ。形見を抱いた未亡人の仕事。絶対的な片側での生がはじまった。

壊れのない体のための軍団委員会。一般派の骨のない体。修正派の骨と針の倫理。おまえの体の深い壊れから三つ四つの教会が生い立つ。成型と収容としての最後の日付がついにやってくる。白日の下に公開されるものこそもっとも深く秘匿された形見である。世界の停止を願いながら剥製化の成就までの数日おまえは背中をべったりと木の床に貼り付けて眠った。

日付が激しく文字を充塡する。身体はもはや不可能であるように思われた。萎縮と壊死によって全身が変容した。不変なのは唯一それらが剝き出しであることだけだった。持続が別の時間へ移行する段差が来るとその断面だけをおまえは記憶にとどめている。滞り細かな亀裂を見せる四肢を引き寄せる。自らの顔が露頭するまでの長い時間を待機している。路上で不意に水が匂い立つ。駅前の野菜を売る店が夕暮れの雨のなかによみがえってくる。

世界の虫化を熱狂的に夢見る中央ヨーロッパを私たちが虫の姿で横切ってゆく。自らの駆除と移住をめぐって巨大な世界の虫たちと交わされた合意について語る人がいる。混濁した否定によっておまえは入植し民族の子となる。まあたらしい土を掘って文字を植える。のちに文字が法を立てたときすべての死者たちの名を記した会堂の壁からおまえは除名されている。

感情のなかに信号を持たないものが潜んでいる。半ば破壊された集合住宅の開口部がもう二度とそこから出てくることのない永遠の幕間への入り口だ。開口部をめぐって越境と駆逐が反復される。隠された場所へどこまでも撤退してゆく暗い戦争がこの世ならぬ手によって操られていないとは信じられない。まして一つの河床に向かって西岸と東岸から同じように風が吹く。いずれの息がこの流路に意味を吹き込むか私たちは知らないのだ。

比類なき悲惨が以後の世界を無条件で命令できると信じていた。急激に湿気を増した集合住宅でとつぜん帰る家がわからなくなる。あちこちで手当たり次第に扉を叩いている。

心が疲れるたびおまえは反復だけでできた機械になりたいと思う。人々の心は十分に疲れていたからヨーロッパにはおまえと連動して動く多くの機械があった。夢の中を多くの合成人物が徘徊する。出来事もまたすべて合成された出来事として重なり合いながら継起する。謎の言葉が私たちを招待しそれを記した文字がいくつものよく似た機械を作った。

同化は不当で不可能な儀式だと私たちは言う。永遠の異物としてこの世の外のどこにもない国に集結すると私たちは言う。私たちはこの世のどこにもない国はこの世のどこにも存在しないことを知らない。どこにも存在しない国にはすでに《野蛮》が住んでいることを知らない。どこにも存在しない国は《野蛮に対する防塁》となるしかないことを知らない。

文字の人工国家から削除された手が叩く扉はつぎつぎに開かれる。戸口には積み重ねられた段ボール箱がさしせまった移動の準備を整えている。私たちの動きにつれて動物たちの毛でできた埃りがゆっくりと動く。地上の時計はいまも均質な時を刻んでいるが文字列がもはや私たちを解雇しているように思われた。

弾薬の丘を覆って濡れた罌粟がいちめんに咲いている。

どこにも存在しない国ではその夜どこにも存在しない交差点のアスファルトを煌めく雨が濡らしている。最後の数十分おまえは私たちと同じ空気を呼吸していた。その呼吸の激しさによっておまえは少しでもながく「こちら側」にいたいと叫び続けるようだった。何ものかの手がやってきて存在を抜き取り木屑がかわりに詰め込まれてもなお生きつづけていると信じていた。朝が這い寄り地上から水が引きはじめるとおまえの体から膨大な「向こう側」の気配がにじんできた。何人もの死者が夜の水面を持ち上げてその向こうで別れのお辞儀をしているのがうっすらと見えた。

こんど冷気の中に戻るときにはあの暗い何一つ語るべきことのない半世紀後の街区にその人を訪ねあらかじめ計算されたとおりその角の店で「偶然に」出会いどんな周到に巡らされた計略によっても防御できないだろう場所で腹部深くに装塡された爆薬とともにその人を抱きしめる。ボロホフが「新しい国」のことを世界革命の用語で語る。われわれは任意の境界をそこに走らせそれを言葉の力のための抵抗物とした長い中間状態をここで終えよう。資本を持つ者がまず自発的に「新しい国」へ移住する。そこで過酷な階級抑圧を建設する。そこに大量のわれわれ害虫労働者が集結する。害虫労働者たちにおいて種の解放と世界プロレタリアートの解放が合体している。虫類にして労働者であるものが世界革命の戦略的基盤となる。むし暑さに捩れた目には卵黄のような灯りの中にわずかに次の時間のための種子が鎖されている。目立たない夕暮れの扉口からこの坂道へどうして私は出てきたのだろう。微細な光で端から少しずつ埋められてゆく記憶の中にいくども呼び戻される命題は「帰ってくること」自体に疲労している。記憶は穴から出て長い枝を意識の中に垂らしている樹木の幹を這いのぼりその先端で外殻を脱いで空へ消えてゆく虫類の比喩によって植物から動物へ修辞的に移行している。ハガナが流域を越えるときそれは世界の青年たちのためのベタルになる。ヨーロッパ半島では彼らを追放する者と「新しい国」に向かって移動する者との符丁が合っている。その境界に多くの密約と合意が生まれる。移住と追放は汚れと混淆を嫌う同じウィーンの暗い源泉から生まれた。草たち動物たちが低い声で口を開く事物たちが小声で話しはじめるそれが諸言語の「分母」だった。「すべてのもの」と「その隣にあるもの」との隙き間でおまえはそれを聴いている。「線」がにじむ踏切のところで執拗低音が鳴っている。概念の縁で震える雑音が私たちの母語である。「私たちは未来の英連邦をとおして明確にヨーロッパの一員である軍を組織しようと思った」「私たちは他民族を少数派とする（あるいは強制移住させる）自民族連邦をつくろうと思った」「私たちは自民族を少数派とする二民族国家をつくり他民族連盟に加わろうと思った」。一義的な「線」を半島まで動かすために私たちは増殖しなければならなかった私たちは古い国々で「追放される」必要があった最大限綱領はつねにその反対物と一致する最大限綱領はすべてウィーンの暗い源泉の生まれだから。一八八四年から三十年私の沈黙を可能にしたのは言葉によって私が明晰であるという確信だった。私は日々世界を言葉に閉じ込める私は脳髄に棲んで観客たちからなる世界の群集を見下ろしている私に名はいらないこの上何を話す必要があろう。アフリカ・スクランブルに並行して本国で起こった危機は言語的なものだった。一九〇四年「谷の男」は記憶の中にいくつもの白い斑点を増殖させ忘却を文中の「空白」によって示そうと思いたった。それは外出のとき脳髄をどこかに置き忘れてきたという意味である私の脳髄は吹き寄せる風に混ざって戻ってくるが私は誰がその脳髄によって考えているのかわからないのだ。暗いウィーンの源泉に衛生処置がやってくる蚤と虱と結核菌とノルダウの名が退－廃新聞に並置される清潔の人衛生の人駆除の人新しい清潔な国への移住の人のなかでトルストイ主義が世界革命と符丁を合わせている別の人は労働共同体の献身的労働者として幾千本の葡萄を摘んで日々をすごした。集団農場の言語的作物から離脱するためさらに多くの枝を栽培した身体を巡って言葉が整列しなおすとき身体の輪郭をなぞる不思議な暗合がしばしば白昼を暗がりにした神がその住処から立ち去るときも膨大な民族語の集積と多くの遅刻者たちのために仕事は少しも減らなかった。母たちの母の声を私は聴いた。ひからびた砂漠の木々に引っかかって乾いた音を立てる悪い母たちがすべての雑音を消しているからどの母の鏡の中でもその像は歪んでいた。歪みは直ちに修正されすべての幽霊たちを絶滅して諸々の悪い母たちを互いの鏡像のように似通わせている。異－常《アプノルマル》。奇－形《ミスビルドゥング》。変－種《アプアールト》。退－廃《エントアールトゥング》。つぎつぎに前つづりの枝を払う音が聴こえそのとき母国語たちは曇りのない鏡のように見えているTIMESTIMESTIMESTIMES私たちはインドへ行くのだ。紙がその白さで指を塞き止めているやがて人々は棘になるあらかじめ泥にまみれた棘が空白の棘として残され純粋な棘先鋭な棘がいっそう細くなった人々を夜明けに集結させている。枝と葉を払われた樹木をタイムズと呼ぶ。オリエントが全体としてヨーロッパの鏡だというもう一つの嘘が政策的にタイムズをオリエントの味方につけ鏡の曇りをぬぐっている。「線」は境界に沿ってではなく境界と無関係に到来し斑模様が移動と削除によってこの「線」に整合される人々は整合させられる空白はそれ自身のなかに倒れる境界線が私たちをまたいで移動してゆく法がいくつかの家具と装置をたずさえて移転してゆく私たちはとつぜん不法になる紙の白さに塞き止められた息を「新しい国」との戦いの中へ転写しつづける社会闘争は政治闘争に移行しないという法則を否定するために「新しい国」や「新しい国と戦う新しい国」と同様倫理がすべてのカテゴリーと因果律を粉砕する必要があったTIMESTIMESTIMESTIMESTIMESTIMESTIMESTIMESTIMESTIMESTIMESTIMES皺寄った口の中で聖句を反復する暗い音が聴こえる記憶は反復が耐用年数を超えるまで記された多くの文字が死者を削除するためにあの人は人間でなくなってゆくかわいそうな人だあの人は人間でなくなってゆくかわいそうな人だ異 - 言が発汗しながら何年か後におまえを訪れる完全な忘却のことおまえがもはや誰にも思い出されないことおまえ自身がもはや何も思い出さないことおまえの完全な消滅を告げているそのときおまえの死が「すべての死」のなかにただその位置だけを持つようにいまおまえの戦争は「すべての戦争」のなかにその場所を持っている。

正午——2002.10.

この完璧な正午の時刻に——ニーチェ

1

動機は二つしかありえなかった。①関係の中で自らの位置の固有性を開いて見せること（発言すること）。②自らの生の一回性を死から防御すること。どんなに何気ない日常的な会話も制度の中での受動的な発語もそれが生存を維持し快感や充足を求めているかぎりその根源にこれらの動機を秘めている。だがこれらのことはそもそも可能なのだろうか。固有性や一回性をめぐるこれらの動機が言葉によって満たされることはありうるのだろうか。この問いに対しそれは決して可能ではないと答えることもできる。その場合「意味」はその発語を生み出した動機から充当されるのではなくその発語が作り出す結び目が他の結び目とのあいだにもたらす差異から事後的に生ずると考えられる。言うまでもなくこの論理空間に「絶対的差異」を想定することはできない。意味は差異から事後的に生ずるが「絶対的」は意味の範疇にしかありえないからだ。さて言語が以上のようなものだとするとこのような言語についての「認識」はたんにひとつの認識であるにはとどまらない。なぜならこの認識は言語に関して固有性や一回性の契機を否定することで発語の動機そのものを損傷するからである。発語はただ生存の内部でのみなりたつ言語の布置におけるそのときどきの差異化の（つまりはナルシスの）充足しかもたらさないことになる。こうした言語についての見方はそれゆえたんに一つの「認識」ではなく言語を自己否定の円環に入れること言語を収縮の過程に入れることを意味している。だがこれらすべてには一つの重大な矛盾が含まれているのではないか？　なぜなら一回性や固有性への権利要求はそれがなければ発語ということがそもそも生じないような「動機」であってそれこそが言語を成り立たせてきた当のものだからだ。ここでは言語の「定義」が言語を成り立たせる「動機」を否定している。なぜそういうことになるのか？　言語の定義が「狭すぎる」。言語はこのとき一定の規範を持った諸民族言語とその間隙に投影されたいくつかのマイナー言語さらにそれらから抽象された「一般言語」によってモデル化されている。これらの言語を形づくる差異の「外」には（あるいはそれに「内在」して）混沌や力があってその体系の全体を動かしている。差異が事後にもたらす意識や意味や世界像は自らの論理や倫理をこの混沌や力に対して身構えることで手に入れると考えられている。まるで「生ける現在」や「意識の現前」に替わって言語こそが自ら微分しつつある「現在」となり意識や意味や像を分泌しているかのようだ。これは倒錯した時間ではないだろうか。なぜなら言語が諸民族言語や「一般言語」によってイメージされたときすでにそれは一九世紀の言語学《フィロロギー》によって研究対象として採取された言語サンプル（言語の事後・言語の追認）から抽象されているからである。ここで言語はあらかじめ事後の言語・追認の言語に置き換えられている。「現在」と呼ばれているのはすでに事後のことであり追認のことなのだ。言語の贋物！　では言語の正体をどこにさがしたらいいのか？　私たちがまずこれらの事後から「遡行」したのは当然のことだった。言語の概念をまず各民族言語やそれの抽象物である一般言語以前へと遡らせる必要があった。各民族語が語る前に存在している「語ること」そのもの。植物や動物や事物が語りそれと同じようにヒトも語っているような言語がどこかに存在しなければならない。だが奇妙なことだ。そこまで遡行してもなお私たちが「現在」の優位を信じたままでいるとは！　生ける現在。意識の現前。微分される現在の痕跡。つねに連続し変容し屈折し裏切るもの。それを私たちは「現在」と名づけてきたのだが。そこには同時に連続せず変容せず屈折も裏切りもしないものがあったのである。突然に襲いかかり不意に断絶し完全に消滅しまた突然に回帰し噴出するもの。諸言語の向こうから突然語りだすもの。あらゆる現在の言語の向こうから言語を通して不断に語っているもの。それを私たちはなんと名づければいいのか。「切り離されたもの」。化石。骸骨。私はそれをもう一度時間の中に置き換え時間の刻み目でそれを呼ぶ。それは「現在」の言葉ではない。それは**正午**の言葉だ。私が忠実であるべきなのは「現在」に対してではない。私の**正午**に対してなのだ。

水の中にわずかな赤が見えた。それはとても深い穴のようだ。いつか私はそのなかに降りてゆくことになるだろう、とおまえは言う。それは私たちみなの夕ぐれの色のように思われた。ちいさな錯視がおまえを深い穴に入れる。少し離れたところに海があり、夜がおまえをほんとうの穴に入れるまで、夕ぐれのなかで真昼は私たちにまだ何度か回帰するように思われた。

おまえは長いことその正午の反響に耳を澄ましていた。
だがそれはもう二度と訪れてこなかった。
おまえの正午は未遂だからだ。
それ以来おまえに錯視が絶えたことがない。
それはおまえが未遂の身体のままで正午の軍隊がやってくるのを待っているからだ。
それなのにおまえはただ膝を折って耳を押さえ、
真昼に響くピアノソナタを聴くまいとしていた。
見えないままでこの世界にとどまり、
吹き戻りつつあるもの、
正午の軍隊が再びやってくるのを見まいとしていたからだ。

正午の友人たちが立ち去ったあとに未明の友人が訪れてきた。まだおまえが言葉の中に目を覚ます前におまえとともにあった古い友人だ。おまえはほんとうはその人の名を呼んだことがない。その人は名前のない人、名前の未明の友人だ。おまえは言う。おまえの真昼にその古い友人が訪れておまえをひきとめたのだと。それがおまえをひきとめたのだと。そしてそれがいまもおまえをひきとめるのだと。

2

サパタの軍隊は数百人単位でそれぞれの武器を突き立てしかしそれを行使しないまま敵の正面を威嚇しつづけている。正午である。敵はその前線にそって続々と密集する。われわれはこのときビリャの指揮者に導かれわずかな武器だけをたずさえて暗いわき道に集結する。そこから暗い葉陰の道を通って敵の背後に回る。何人かの密偵が私たちの姿を認め彼らの本隊に向かって駆け出してゆく。われわれは彼らの小さな影を視野の片隅に入れるがほぼ何の抵抗もないまま会堂の入り口に到着する。指揮者はここでもう一度この行動の勝利を祈るようわれわれに求める。彼の饒舌が攻撃のための絶妙な時刻を失わせるのではないかと苛立ちながら私はそれを聞いている。光が細かく頭上の木々の葉によって分光される。正午。われわれは攻撃に取り掛かる。会堂の扉を蹴破り怒号とともに集会場に侵入する。敵たちはいっせいに椅子を散らし互いを突き倒し奥の壁際へ向かってあとずさる。何人か女たちもその中に混じっている。だがそこが行き止まりだ。彼らはそこになすすべもなくうずくまり折り重なって一つの塊になる。恐怖に震える彼らにわれわれは机・椅子・石油・火を投擲する。私は眼鏡を壊されていたので会堂の壁ぎわで一塊りになった敵たちの顔を判別できない。視認できぬままに私はさらに数個の爆薬を投擲しやがて幾筋かの血がゆっくりと床を流れてくるのを見ている。このとき麻布をまとった数百の部隊が背後の建物を出て会堂の正面に向かって音もなく押し寄せてきた。私は一瞬それをサパタの部隊だと思い両手を挙げて迎えようとした。だがなんと。それは偽装されあらかじめ近傍に隠されていたマデロの死者たちの部隊だったのだ。骸骨たちが白い麻布で顔を覆い全員が長く光る武器で武装していた。われわれは背後を衝かれ微細な武器までも放棄してちりぢりに逃走する。自らの陣営を示す徴票《マルケ》を捨てて群衆にまぎれ灌木をかきわけて現場から遠ざかったが道筋はまったく記憶にない。数十分後われわれは再び先の葉陰の地点にかろうじて集結した。何人かの姿がそこになかったのは骸骨たちに連れ去られたに相違なかった。われわれは徴票《マルケ》によってではなく顔によって互いを確認した。後頭部に負った傷のために私はただちに天幕の下に収容されたがその背後数十メートルのところで正規の部隊は依然として敵たちを蹴散らしておりわれわれはまだ当分のあいだこの戦線を維持できるものと思われた。だが問題はそのことではなかった。この行動の相対的な勝利にもかかわらずあの骸骨たちからの散り散りの逃走の数分間は致命的な予感を私に刻みこんだ。全土にわたって確実な後退がはじまるだろう。この後退はもはやなにものによっても留めることはできないだろうと私は感じた。こうして日はようやく正午を過ぎようとしていた。

正午(異稿)——2002.10.

集結して長い時間がたっていた。すでに深夜を回っていた。そのとき私たちはいつもと違う緑色の布で貌を覆っていた。遠くから見ているマデロの兵たちに正体を見誤らせる必要があったからだ。命令が小さな声でやってきた。ふたたび集結したとき私たちは百数十人であった。足音を立てずにその建築の背後に到着するとすでに脇の扉は先遣された者たちによって破壊されていた。私たちは古い階段室に踏み込み朽ちた机や家具の隙間を三階まで伝い登った。前方がわずかに匂いうっすらと煙が流れる。誰かが火をつけたにちがいなかった。煙をついて三階の踊り場から廊下へ侵入すると部屋部屋の床から火の手が上がっていた。私たちはさらに油を撒き散らしながら敵を西の出口へ追い詰めていった。彼らは床を這う炎の中で黒い影となって右左へ移動していた。立ちこめる煙の中で姿勢を低くし階段の手すりの粗い漆喰を砕いた破片を前方の炎の中へ投げ込みながら私たちは数人単位で前進した。炎の向こうに西の出口へ向かって走るいくつかの人影が認められた。中央の階段室まで来たところでそれ以上の侵入が危険になった。私たち自身が煙と炎の中で道を失う可能性があったからだ。すでに深夜を二三時間過ぎていると思われた。

貌をゆがめ浴びるようにその弾音に撃たれていた。並行して鳴るいくつかの音はそのなかに主音を持ちそれを中心とする音たちの配置は次にくる音の群れを予感させる。次にくる音はその中に響き終わった音たちの過去を内蔵している。音たちはたがいにその持続を支えあういくつもの体系をもっている。（始まりの私）が小さな息を吐いて死んでいったときの冬の深夜のピアノが鳴っている。

あなたは正午が（生まれてこなかった子供）の姿で振り返るのを見た。

「路面が群集に埋められるとき私たちが囲いとった親密なものの暗さよ。私たちは深夜に未曾有の正午をつくったような気がするよ」

「路面が群集に埋められるとき私たちが囲いとった親密なものの暗さよ。私たちは深夜に未曾有の正午をつくったような気がするよ」

アラスカ―――2003.1.

「アラスカは眠らずアラスカは決して目覚めない」遠近法は植物
でありそれが生い立つためのアラスカがその下にあるのだおまえ
は腐土になるより吊り上げられることを求める川を
流れても決してそれを汚すことのない清潔なカルシウム
になりたいと思った「肉の廃墟となって臭うこと」を迂回して決して傷つく
ことなくただ「心のない傷」だけが空を飛びおまえの首
筋に撃ち込まれる「すべての土が凍っている」「すべての土
が凍っている」ソシテ屑ノヨウナ言葉ヲ吐イテイタ何故アラスカ
を考えないのか★法から生理へフリースランドのフラクタルを抜け
てゆくバンクス島からアリューシャンへ時計はいつも正午を指して
いるおまえは自ら至上のものとなり至上のものたちで

できた複数の中に入ってゆく圧縮する人たちのために世界は今日
も圧縮に耐え印刷者たちは囲繞と外出を続けている狂って
からの長い時間を水際の木の部屋で過ごした「網目の中に言葉を
置けない」「言葉は私を見出すことがない」という文字
列をその水際で拾った詩人にとってそれは悪い終わりで
はない★★夜の水が目の高さを流れる分散する光を「写真に
とる」ことができない川は暗い水のほうからおまえ
を見ている川は見る者の死後を含んでいるおまえは粉末
になって北極圏へ入ってゆく「神々のうちの強い一人」が誤った
言葉に迷っている「神々のうちの強い一人」が贋の言葉に迷っ
ているそれが霊の船体に夜半にやってくる殴打だふたたび網が
おまえを捉える細密な坑道がよみがえる「唯一の
もの」を生前に廃棄するにはもはやあまりに年老いていると
したら？　地表へ出たとき皮膚は激しく忌避した「油」に
よって塗れているコノ★ガミズカライシシタコトデハナクタノスベテノ★トノ
カンケイガソノ★ニキョウセイシタコトガソノ★ノドウイツセイ
トナルソレガ★★★ノテイギダキョウセイハソウゴニイシツナスベテノ
★ノウチデコノ★ガイカナルイシツセイヲウケモツベキカヲキテイシテ

イル★ハトクテイノセカイジョウタイガフカヒトスルセイドダカラソノゼンタイ
トシテノヘンヨウニヨッテシカショウメツスルコトハナイ水際で骨を
交換する土の部分を否認して生存の量を計測するたぶんおまえは早く焼かれ
て清潔な骨になりたいのだ表層が亀裂するたび声
を上げて泡立つ土の底へ呼び入れられる生きていても死んで
いてもおまえは「存在している」いつでもそこに褐色の（あるいは光に
よっては緑褐色の）土があり全滅者たちの二四〇〇の白いカルシウム
がアザラシの群の中に在リツヅケル「売却」されたアイスボックス
に封印されて★ノシハヒトリノヒトノシソウヤヒトツノ★ノリネン
トシテシュチョウサレテハナラナイナゼナラソノトキ★ノシハ★ソウゴノ
イシツセイヲショウキョシセカイニタンイツノルールヲシイルコトニ
ナルカラダミズカラノイシニハンシテタノスベテノ★トノカンケイニヨッテキョウセイ
サレタイシツセイダケガマモラレルニアタイスル★ガシノジョウケン
ヲトトノエルノハ★ナシデコノイシツセイガマモラレルバアイ
ダケダ坂道で褐色に引かれる弱い下降の線の先で肌
が鱗になる夜に白い草が泡立つ群落の中を通ってゆく「考え
ないこと」は荒地をさまようおまえの不気味な客人だ色素の
ない草が地面から生えるその視力はわずかだその

視力が骨髄を訪れるその視力が骨髄で食事するカルシウムの白
が計測し加算する脳の三百年を包んでいる骨髄に仕組
まれた薬が坑道の奥で一本の坑木を砕く北の海岸から遠い
落盤の音が聴こえる「私の唯一のものをその複数の一つとせよ」その
文字列が幾筋かに分かれ凍った道の上を渡ってゆく夜半過ぎ空
いちめんにアラスカが浮かんでいる★★★★★★★
★★★★★★★★★★★★★★★妄想を部品として動く
機械が訪れるおまえは北極の泥を掘る空色の動物になって皮膚を鱗で覆っている。

黄土——2003.2.

1

その花は薄暗がりに眼球として開いている。眼球はつねにその生体の前方に向かって開いている。眼球が前方に向かって開かれている周辺に脳が作られている。花は睫を持ち薄暗がりの中に開いている。この花の茎と根はどうなっているのか。その根が足である場合はどうか。その花に足があり花が前方に向かって見開かれている場合はどうか。花が半島のつけ根からきた場合はどうか。眠りからさめたばかりの目が傷つきやすいのはそのとき根が地中の諸力を吸っているからだ。もしもそれが西の（北の）半島のつけ根の乾いた不毛の土であるなら、眼球はこの肉の中に十分に根をはり、肉は大地を前方に向かって持ち運べる形にしている。その「前方に向かった肉」から眼球が生えているのだ。

「在るだけで力をもらっているのにあなたには接続が切れているので力が来ません」。「ではどこから力を取るのですか」。「決して知られることのないものを通路にするのです」（それは不安を喚起するのではなく旧帝国鉄道の待合室のように温もっている)。準備の出来ている人から順に何人かがこの識域の明るみの外へ消えて行った。「あなたは知られていないものから力をもらうのです。オークルジョーンよ、もっと近くにいらっしゃい」。その「近さ」から私は投網を打たれているような気がする。雷雨を受けてこの計算の檻が破れるとき。

すでにこの転回《ケーレ》の四半世紀以上前、詩人は帝国主義的世界の西端の半島で自らが《異なった色の》人種であるという自覚にいたっていた。その後北縁の帝国のモダニズムとデカダンスのなかで固有の身体造型感覚にしたがい「自然」と「肉体」を激しく理念化する過程に入っていった。「自然」の理念化はモダニストたちのインターナショナルなイデオロギーに対抗して打ちたてられるべき世界普遍性としての意味を担っていた。この過程は妻の進行する狂気と並行していたが詩人はこの狂気を《肉体の純化》あるいは《肉体の超越》であると考えていた。

夕べ父親が何か意味ある言葉を呟くのを聴いた。朝まで働く作業者たちの手がその暗がりを荒らしていった。言葉は私をまたいで私を取り囲む線を編んでいる。棘をいくつも持っている。力の井戸に近い人々の唾液と生起に取り囲まれて私の充電されるべき充電スタンドの冷たいアスファルトの光の中で眠るとき、06年から09年までの「開かれた意識」から暗がりに帰って後の四半世紀を私は忘れていた。「想起することによって忘れられてゆく」歴史として葉を揺らしている木だった。少し呼吸を変えてみればおまえのフュジスが揺れるだろう。地上に生えてやがて死に、生者たちの畑に帰ってゆく堆積のうえで眠っていた。

それゆえ妻が死んだとき詩人は自らもまた肉体を超越することによって《妻との合一》を果たすべきだと思われた。プライヴェートな、プライヴェートなこの瞬間に詩人の体内に「新しい戦争」を前にした世界が《巨大な不随意筋につれて動く／数億数万の生死のうごめき》となって触知された。彼の耳はもう一つの声を、あたりで叫ばれているもう一つの「超越された肉体」を聴いていた。この帝国の《総動員》が社会群集の意識を束ねるようにしてその《統一的身体》を呼号していたのである。

2

私たちの職は私たちの秘密に属している。私の語る言葉は父から譲られすでに職責の支配を受けている。力はそこから私たちに分配されている（媒介されている）。だが私が私の名前によって語るときその背中は急速に吊り上げられ私は光の中に置かれる（私は接続を切られる）。私が粒として散布される世界史の中へ。私を粒としてアレンジする機械へ。力はどこからくるのか。地下では幾代かの死者たちが交替し私の足裏へと導かれる水の線がある。私はこうして掘削しながらその湧出口を、その流出を、そしていくつかの井戸を見つけた。幾晩かを過ごすべき深いイドを。だがそれは決して注意深い計算だったのではない。

開戦時の転回《ケーレ》にいたる道筋は明らかだと思う。私はここで翻訳可能な語を使うが、「皇帝」によって《億の単一の心》が「発語」されたのである。詩人は《数億数万の生死のうごめき》として体覚された超越的な肉体を、あたりで叫ばれている《統一的身体》に重ねることで、《億の単一》に向かって語りかける皇帝の声に応答した。自らの肉体をプライヴェートに、プライヴェートに「超越」しようとしたのである。

下方からは肉体を支配する宿命の糸が。上方からは国家を支配するメカニズムの糸が。空中から降ってきた機械が地表を耕していった後の十年、存在はしばしば私たちの口の（傷口の）周囲にとどまった。さらに二十年を経て私たちはもう一度地表を荒らし、残されたそのときの言葉を聞こうとしていた。数百万の死によってしか発声されない声の器官が世界にはあるらしい。すべての生活を奪い取られることによってしか私には聞き取れない私の畑の声があるように。土地の呼んでいる声を聞き取ったのはそれらの人々で終わりだ。島嶼・半島・砂漠を巡る北縁の帝国よ。私にはいまや何も聞こえない。

大陸の戦争においては誰が敵で誰が味方なのか不明のままだった。自らが何を戦っているのか依然として正体不明であった。だがこのときついに敵がその「正体」をあらわした。「新しい戦争」に呼応した「新しい主格」をそれがただちに呼び出したのである。社会群集の「言葉なき組織」であったものがついに言葉を——プライヴェートな、プライヴェートな《詩という言葉》を獲得したことを意味していた。

3

一度も根付いたことのなかった空中の時間を固めて線を走らせるために劇を細かく砕いていった顆粒だ。悲劇になるためにはもう少し死に近く、嘘になる少し前の、もう少し外側への歩み。偽書の内から外へ矢印だけ残して空が開いていた時間、わずかずつ外側に向かってこの水際を西の（北の）半島へ渡っていった。そこにも土はあり、土よりもさらに強い理念と私たちを逆立ちさせるに十分な鉄のような強制と肉鉤が残されている。私たちはそのナイフのような心地よい割かれ方が寒気の中で鈍く光る暴虐の中へ行きたかった。そこにはすでに人口はなくただ「空き地」だけが開かれてあった。その先に私たちの帝国と王朝が接続されているのだ。

「シンポジウム」での彼の発声が、《異なった色の》人種である自分が「世界」に対して抱く錯綜感情と、「周辺」諸国から受ける激しいアブジェクシオンと、妻との暗く激しい愛憎――それらすべてのプライヴェートな、プライヴェートな感情への返済として――それらすべてを一度に無化するプライヴェートな、プライヴェートな飛躍を実現していたのは明らかだと思う。

どこにも生成する言葉はなく冠飾句だけが反復される。それこそが彫塑的なほんとうに美しい言葉だった。私たちは根絶されたのだからすべての感情の死滅が好ましかった。死後の私たちにあなたがたは何を禁ずることができよう。私たちの何を監視することができよう。根絶された国民ほどに強いものはほかにあるまい、と私たちはその半島の根元に埋葬されたままで言う。埋葬されたまま私たちは機械として動く。ただ破壊され埋められたままの数千万の機械として動く。私たちはすでに死んでいるので死を可能にする理由だけをさがしているのだ。

「声」の完璧な明るさは真っ暗な領域に向かってのプライヴェートな、プライヴェートな返済を意味している。詩人は公衆を前に詩を読んだ。だが彼の言葉は世界についての明晰な認識からくるのでもなければ、国内の権力に対する公然たる申し立てからやってくるのでもなかった。それは明晰な判断や語法でできた「公的な」発言ではない。プライヴェートな、プライヴェートな心の闇の、プライヴェートな、プライヴェートな返済証書として群集とその発声器官に同化する感動の朗読会《ポエトリー・リーディング》になっていたのだ。

4

私たちは西の（北の）半島のつけ根の氷の中へ行くのだ。私たちは詩人だから一切の言葉が奪い取られる沈黙の恐怖が好きだ。言葉は制限されおのずから少なくなり枯死させられおのずから退去し二、三の冠飾句だけが残されそれが単純に反復される世界が好きだ。私たちは詩人だからまず言葉が殺されやがて言葉が死んでゆき私たちが蛋白質とカルシウムでできた存在者に帰され存在の懐に埋められる深更を愛してきた。私たちは詩人だから数百万単位の殺戮が私たちの貌を見分けがつかないほどに潰してゆくことが好きだ。同心円状に飢えが広がり、その周縁で人々は存在の法に記されたとおり振り落とされて白いカルシウムになる。人間の縁で人々は積み重ねられ菌がやがて優勢となり物質の縁で粉末となって存在の中へ落ちて見えなくなる。私たちはもうそれ以上変成しない絶対が好きだ。どうして詩人たちに「意識」などいるだろう。私たちは粒になってただ縁から落ちてゆきたいのだ。

皇帝の発語《億の単一の心》は公的なものが明晰な語法と判断によって公然と語られる明るみへ人々を呼び出したのではない。まったく逆に、プライヴェートな、プライヴェートな暗さ・重さがすべてその「返済」として現われるような、社会群衆の中にプライヴェートに、プライヴェートに折りたたまれた暗い言説を呼び起こし「整流」するプライヴェートな、プライヴェートな完璧な朗読会《ポエトリー・リーディング》のなかに人々を呼び入れたのである。

前方に向かう肉から生えている眼球は、それを存在に貼り付けている蠟が溶けないように暗くされた光の中で、色とその色の形をつかの間保っている。私はガラス越しに眼球たちの地図を作った。それは国ごとに色分けされた世界地図よりも幾層にもわたって複雑なもので、細分され多くの細層に分かたれていた。半島のつけ根に集合するいくつもの力がある。地球《エアデ》の地表《エアデ》にいくつもの大地《エアデ》が移動しその土《エアデ》を可動的な根たちが持ち運んでいる。それらは虫として見たときいくつもの記号だがなお根無しではない。どこまでも大地を持ち運んでいる細密な**蝟**集と散開の構文として、その文肢を泥で汚しているのだ。

5

《雲破れて路ひらけ》《わが向うところ今や決然として定まる》《＊＊の火、天つ日のごとし》《わが＊＊＊おもて輝きこころ躍る》——湿地から半島へ半島から沙漠へ。反復とは、同一のものが別の仕方で起こることではない。反復とは、まったく別の仕方で起こる別のことが同一のものであるということである。

虫たちが言う。国境を開くな。国々を越えてゆくな。国々の間を通ってゆくな。もっと深く国を閉ざしその内側でもっと細かく国を砕くのだ。あなたに持ち運ばれている土壌があなたの眼球を枯らさないでいるかぎりあなたの動物があなたの植物に包まれて、あなたの根を引きずってその植物を持ち運んであと何年かなお前方へ歩き続けるだろう。私たちは翻訳可能な語を使う。半島のつけ根に私たちは「皇帝」を置いてきた。それは半島のつけ根でその中心となる唯一の眼球のつけ根のように根付いている。花が花を反復する。反復とは同じものが別の仕方で起こることではない。反復とは別の仕方で起こる別のことが「同一である」ということだ。だから国境が開かれるのは決して当為によってではない。国境なしでその異質と複数が維持される場合だけなのだ。

「意識からはじめる」かぎり、秩序はそこにどんなに多数性を含むとしても、それらの単位を互いに関係させる単一のルールに向かって進むだろう。だが「存在からはじめる」ならば、生成するその単一性からは必ず脱落するものが「出現」する。なぜなら「意識からはじめる」単一のルールによっては決して「正義」を分配されない空間ないし集団が「地上」のあちこちに「存在的に」残されるからだ。「意識からはじめる」いかなるルールからしても「悪」であるとしか言えないような「存在」によってそれらは作動する。なぜなら「存在」とは——単一でもなく、単独でもなく、複数だからである。

「在るだけで力をもらっているのに接続が切られているのであなたには力が来ません」。「ではどこから力を取るのですか」。「オークルジョーンよ、あなたの口、傷口を通路にするのです」。花は眼をもっている。それは窓として廊下に向かって開いている。それはすべてのものが通過する廊下だ。一度も会堂となったことがない土がそこにある。おまえは一掬いの土を手にとり、鼻に押し当ててそれを嗅いだ。おまえはおまえの体内で一人の王国であるような道を来たので、その廊下がどこを通っているのかを知らない。それはかつて一度も会堂となったことのない土、世界の廊下になっている土の匂いだ。

エブタイド——2003.3.

《すでに一九〇〇年の段階でアジアにもアフリカにも占拠されていない土地、すなわちどの国家にも属していない土地は存在しない。これより後地球は再分割される。なぜなら地球上の未占領地の占有は終わったからである。世界は分割されつくした。今後来たるべきものは再分割、すなわちある所有者から他の所有者への移転だけである《レーニン『帝国主義』》》。「世界」はすでに「意識」にとっての「技術的対象」に変わっている。帝国主義戦争は「技術」による世界の再分割を意味している。だが再分割は数度にわたって反復されただけだ。なぜなら市場は空間的に飽和したのち、時間のなかで二重三重に使われるようになったからである。市場そのものを産出し多重化する産業分野が発生し、市場は時間を算入した空間として無限になった。あとはただ資源と廃棄のための空間としての「南」だけがこのシステムの外部として残される……はずであった。

《有限なものとは、終わりに向って運動しているもののことである。石でさえ進化する。たとえばそれが酸化され得る塩基である場合……《レーニン『哲学ノート』》》。必要なのは生きた生命ではなく、生命のない骨である。慧眼で聡明だ。普通は生きて運動していると思われているものがじつは死んだものであることを示している……。

最後に問題になるのは次のことである。市場が重層化し続けるためには、欲望の総量が増大し続けなければならない。「意識からはじめる」ならそのことは可能であると思われた。なぜなら意識は「生きていること」の内側にしか作られず、死を知らないからである。だがもしも「存在からはじめる」ならば……。

欲望が増大し重層し続けるのはそれが増大し重層すると「意識」されている間だけだ。やがて「そのとき」が訪れ、欲望にはただ退縮と希釈と散開の過程が始まる。生命はある地点を過ぎると存在に・骨に・カルシウムにむかって退縮することを欲望する。高度化も重層化もせず欲望は原基と先端の間で移動する。存在に総量はなく、それは拡大も縮小もしない。

満ち潮《フルート》はあらゆる水面を一つにする。だが引き潮《エッベ》は同じ空間に多くの陸地と多くの水面（水たまり）を作る。

《唯物論者は思考されえぬもの、認識されえぬもの、経験の外にある物自体、認識の外部の物質を認めている、と人は言う。唯物論者は彼岸のもの、経験や認識の限界の外にあるものを認めることでじつは神秘主義に陥っている。唯物論者は物質がわれわれの感覚器官に作用して感覚を生成させるかのように説いているが、これは実のところ無を基礎にすえているのである。なぜなら彼らは現象の背後に物自体があり、感覚の背後に物質という絶対者を置くことで形而上学に陥っているからである、と彼らは言う《レーニン『唯物論と経験批判論』》》。「意識からはじめる人々」は思考されうるもの、認識されうるもの、経験のうちにあるものからはじめようと言う。彼岸のもの、経験や認識の限界の外にあるものを括弧に入れ、感覚器官に作用し感覚を生成させるような——実のところ無でしかない——物質を「還元」し、現象の背後にある物自体、感覚の背後にある物自体という絶対者の生成を「意識の内在から」説明することで、形而上学を回避しようとするのだ。

意識に向って「解読不能」という意味を持つものが何故「ある」のか。意味を生み出したものが意識ではなく、また意識によってつかまれる何ものかでもなく、意識は無意味によって背後からつかまれることで意味を産出している、と「言う」ためである。

だがこれらの議論の「間」に物質はあらゆる場所で「存在」に向って撤退しはじめ、神秘的な実体としてすらもはや「絶対者」ではありえなくなっていった。

夕暮れの半島の根元からその先端にあるいくつかの島にやってきた人が、降りつもった木の葉を吹き飛ばしていった。私たちは飛散する葉と葉の間で順番に粉末に帰ってゆく。あなたは目の焦点が合わなくなった紙の上にいくつかの文字を置いていった。文字は書きとめられると同時に幾重にも滲み、その左側から順に世界を腐食していった。今日私たちは混淆した言語を使って話した。

《国際帝国主義あるいは超帝国主義同盟は、イギリスの坊主どもやドイツのマルクス主義者たちのばかげた幻想の中ではなく、世界経済と世界政治の帝国主義的な関連と相互関係という「単一の」基盤から平和的な闘争と非平和的な闘争との形態の交替を生み出す。そして超帝国主義的な、さらには超々帝国主義的でさえあるこの同盟は明日の、あるいはまた明後日の「単一」同盟を準備するのである》。レーニン『帝国主義』

だが単一のルールは、絶対に「成就」しない。

無前提な拘束と戒律をきみたちは体を激しく前後に揺らしながらその肉の中に刻印している。それが私には声でできた海のように聞こえる。だがきみの裸足は砂の中でどうなっているのか。きみ一人が抽出された場合、分節できない声は学校から追い払われて砂の中へ去ってゆく。きみが目を閉じても学校はある。きみがそこを立ち去っても学校はそこにある。きみがこの世界から消失してもなお学校はそこにありつづける。きみは「さよなら」という。それは「私はそれを（あなたを）再び見る」という意味である。どうしてきみはそれを再び見ないでいることができよう。そこにはそのものの、見られないままの、決して聴かれないままの「ある」があるのだ。「ある」がすべての学校を抹消し、きみを私に繫いでいるのだ。

国民は資本の増殖に最適な均質な市場を用意するが、国内市場が飽和するときすべての動物と植物が国家を後ろ盾にして国境と検疫を超えてゆく。国民国家の一つの声に替わって、帝国主義時代の「薪を投げつけるような」「一束の」声が扉に叩きつけられる。その無意味な破壊音からきみは、整序されたきみの言葉の「後」を作る。その境い目で前方に向けられた目の周辺に作られた脳と、その体に刺青されるきみの記憶はどうなっているのか。数百台の極彩色のトラックが国境で検問を待っている。死ぬことがたやすい地域と決して死ぬことのできない地域との間できみは祖国のあどけない子守唄を聞いている。「そちら」では世界はたやすく超世界へと繋がっている。「こちら」では世界は視線と聴覚を限っている強い枠だ。これらの行と行とは意味のコンテクストが許容しない接合《コネクション》だが、もう少しその行間にとどまるのがよかろう。なぜその接合が私の指から出てきたか、意識からではなく存在からはじめるならば……。

かつて諸国民はその内的均質性によって「結果」として国際的な複数を作ったが、いまやどんな言語的・国民的「統一」もないところに意図して特殊な諸単位が作られねばならない。一人のドイツ人が沙漠でささやくように彼の国民讃歌を歌っている。彼は砂の中で白いカルシウムの粉になる。まもなく不安が私にもくるが、この空間は軽いね。私はおかげで「ある」ことが許されているような気がするよ。

空耳でいくつかの恐ろしいことが私にやってくる。でも私は大丈夫だ。なぜなら私には空耳でいくつかの恐ろしいことがやってくるが、私は大丈夫だからだ。私には空耳でいくつかの恐ろしいことがやってくるが、私は大丈夫だ。いくつかの言語に分割されて歩く森の中でいくつかの恐ろしいことが空耳で私にやってくるが、私は大丈夫だ。なぜなら……。

微細な砂の一粒にもぐりこんで、きみはきみ自身を隠し、この数ヶ月を過ごす。降りしきる視線と立ち込める聴覚が、すべての呟きを政治的発言にし、すべての砂と虫を革命家にする。

私たちの階級《クラス》には言語的統御にかかわる多くのならず者がいる。存在からはじめると次々に理不尽な意識の「不良」が現われ、私にはあなたの明晰さそのものが抑圧だ、と言う。明晰なものは合意と信憑の言語だから、すべての明晰なものには不当な捨象が含まれている、とならず者は主張する。その後ろで存在の「別であること」が働いている。ならず者は「別であること」を知っているから、いつもみずから粉末になって私たちに挨拶している。

暗がりで薄紫から緋色に変わってゆく存在から国々を見ると、そこには既知のそして未知の国境が満ち溢れもつれ交替している。あけがたに存在を出てきたあなたや私にとって「至上のもの」はそれぞれに「ひとつ」である。だが道端で苛まれさげすまれ汚れて苦しむその「子供」のなかに「別々であるのに一つである、あるということ」があるのだ。

ならず者と邪悪とは存在と意識の間隙にその根を持ち、網状のアクセルになっている。その日私たちは太い幹が斜めに立っている中庭を、体を大きく傾けて渡っていった。私たちの衣服の色が薄緑と濃い青のパステルでそこに描きこまれる。そのパステルの色を溶かすほどの光量もない中庭で、私たちには輪郭がない。でも私たちはそこにいるのだ。二日目は雨だった。私は休日の郵便局で私の名が呼ばれるのを聞いた。それからゆっくり坂道を登り、暗い明かりの下で二分ほど眠るために、太い幹が斜めに立っている中庭を横切っていった。斜めに立つ太い幹があるよりもっと鮮明に、輪郭のない私たちがいるのだ。視線のない顔の周りにはより濃厚に、視線によって見開かれるはずの霊が立ち騒いでいる。両方の目の間をあなたの霊が満たしている。輪郭があるものの縁を、いつもあなたがそれを決して意識しない数百の蝶々が飛んでいる。

霊たちが暗い中庭を体を傾けて渡ってゆく。話された後の言葉たちが残って小さな焚き火に手をかざしている。秋の草が冬に入ってその敷居際に枯れてあるように、私は残された右側にいて立ち去った左側の人のことを思っている。

半島はいくつかの上位のファイルでできている。その輪郭が希薄になり、より下位のファイルが徐々にその輪郭を主張しはじめる。今夜私は混淆した言語を使う。その中では私の名前だけがすべての責《トゥナイト・アイ・ユーズ・ア・ゲミッシュテ・シュプラーへ・イン・デーア・オンリー・マイ・ネーム・フェアアントヴォルトリッ》任を負っている。《ヒ・イスト》意味に従うなら誰もがそれを理解できるが、その意味は誰にとっても「別のもの」《アコーディング・トゥ・ザ・ミーニング・イェーダー・フェアシュテート・エス・アーバー・ディ・ベドイトゥング・イズ・フォー・エヴリワン・ディファレ》だ。《ント》そして私たちは冷えた道を帰っていった。正直言うと僕は明日どこに泊まるのかもわからないん《トゥ・ビー・オネスト・イヒ・ヴァイス・ニヒト・ウェア・アイ・トゥモロウ・ユーバーナハテン・カ》だ。《ン》植物としての《アズ・ア・プァランツ》私が根を持つところへ《トゥ・ビー・ゲヴルツェルト》。私は這う動物《クリーピング・ティア》として帰ってゆく。生地へ移されようとした《ユーバーゲゼッツト・イントゥー・ザ・ゲブー》とき《アッオルト》私は逃れて、私の言語だけが残った《マイネ・シュプラーへ・リメインド》。私にはもはや逃れる場所はないが、言語はまだ私の周りで《アラウンド・ミヒ・リメイン・ディ・シュ》複数であり続けて《プラーへン・イマー・ノホ・プルラール》いる。

＊レーニン『唯物論と経験批判論』は川内唯彦訳、『帝国主義』は堀江邑一訳、『哲学ノート』は松村一人訳によるが、訳文はかなり改変してある。

秋の難民——2003.4.

《以上のことからマッハは一つの結論を導く。すなわち世界とは私の感覚からだけ成り立つという結論である。だがこのことでマッハは彼が他人に向って非難している「中途半端」そのものをさらけだしている。なぜならもし外界を仮定することが「無駄で余計なもの」であるならば、まず何よりも他人の存在の仮定そのものが「無駄で余計なもの」であるだろうからである》レーニン『唯物論と経験批判論』。だがウラジーミル・イリイチはもっと正確に言うべきだろう。マッハは不当にも「私は」という言葉を「われわれは」という言葉に置き換えている、と。この置き換えが不当な詐術であるのは、何よりも「尖端Ｓはとがっている」「尖端Ｓと接触すると痛い」という事実の客観性はまったく可疑的であるのに、それを「と私は見る」「と私は感じる」という限定のもとにおくことによってとつぜんこの不可疑性が出現していることを見れば明らかである。「『尖端Ｓはとがっていると私は見る』『尖端Ｓと接触すると痛いと私は感じる』は不可疑的だ」はじつのところ「『尖端Ｓはとがっていると私は見る』『尖端Ｓと接触すると痛いと私は感じる』は不可疑的だ（と普遍的には決して言えない）」ことをそのなかに含んでいる。すなわち一人のあなたはこのことを言うことができるが、哲学は決してそれを言うことができないのである。《感覚というものは〈物の像〉であり〈反映〉である》という言い方でウラジーミル・イリイチはただ、感覚を感覚たらしめているもの、意識を意識たらしめているもの——すなわち「根拠」の問題の放棄に、哲学的に抗議したかっただけなのだ。この不可疑性の基底命題はそれ自身の中で「割れている」。《物はわれわれの外に存在する。……われわれの知覚や表象は物の像である》という言葉で彼が「言い間違え」たのはこのことである。あるいは私とわれわれは互いに逆立ちするという言い方で「言い間違え」られてきたのはこのことである。ここからさき不可疑性の基底命題を「哲学が（普遍的に）」語ることの不当性は、人々の間に何らかの規則を設立する場面で決定的な意味を持って現われてくる。意識の不可疑的な基底を信じる哲学が規則を立てるとき、合意や共同の信憑はいつか一つのものに行き着くべきものになり「無駄な余計なもの」をそこに残さない。それは多数のものからなる単一の規則になる。だがやがて「意識を意識たらしめていた根拠」が意識を裏切る「無駄で余計なもの」の姿をとって立ち現われ、意識に対する先住権を主張する場面がやってくるだろう。「多数のものからなる単一の規則」が「多数の規則の無秩序な併存」に繰り返しさし戻されるのである。

あなたは私が真理からはじめて三番目の人だというんだね。影像の製作者だからそれゆえ私はうつろだというんだね。第二番目の人であるあなたは自己から人へ、人から人へと真理を引渡し「やがて一つのものになるだろう」真理の系列をつくるというんだね。すべての国はあなたたちによっていっそう美しく統治されるだろう。半分うつろな人、あなたの父たる真理から第二番目の人の手と声になって語る教師たちよ。国家はあなたたちのものなんだからね。すべての詩と雄弁の背後に液状の鉱物があるとあなたがたは言うのだね。この場合液状鉱物は塊となった人々にとって私的なものの隠喩だというんだね。ならば真実から数えて三番目のものである私たちは動物たちと一緒にもっと荒れ果てたところへ出てゆこう。グラウコンよ、国家こそはいまや国々が決して和解しないための遠心機械なのだよ。

難民が来る。それは戦争のせいではない。
秋はきみたちとともにいるのではない。
きみたちの見るところ、きみたちの指定するところに難民はいるのではない。
秋は国境を越えて言葉の中へ出て来る。
い、い、い、
人と人と人のおしゃべりが合流し
合意するところに難民はいるのではない。
それは戦争のせいではないグラウコンよ
そこに線が引かれるたび、
秋はただ静かに「別のところ」を選ぶのだ。

＊レーニン『唯物論と経験批判論』は川内唯彦訳によるが、文意を変えない程度に改変してある。

新非被秘匿性——2003.5.

「あそこの人たちは埋められた泉か干上がった池であるような気がする。この泉か池に行くたびにいつかふたたび水が出てくるだろうと思わずにいられない」。しかしわれわれならそれを非被秘匿性と言います。ところがあなたはそれを被秘匿性と言うんですね。

——グツコウ

暗いところで個体維持するシャドウのようなものが傾いた部屋に広がっている。そこでシャドウが地に沁みて一人の身体の「根」のように延びてゆくのを見ている。シャドウはどこまでもねじれ反転できる。嘔吐し分泌し排便し射精する。暗い箱が感光しそれが「根」のように映し出される。粒子に砕かれ宇宙へ散布される。すべてのシャドウが排出に向って整列する。身体維持の技法が消失点まで動き続けるシステムになっている。その領域が保護され別の枠へ移行している。別の枠が「名」にいたる細い道へ出てゆく。交感神経がそれを支配し操作可能なものたちをすべて眼前にディスプレイさせている。羅列されたものたちから既知のものの「名」を呼び削除した。既知のものたちの背中が空白になり周囲で多くの文書たちが涙を放射した。既知のものたちの「名」を呼び削除しながら壇上で涙を発射した。体液が排出され分泌され嘔吐され射精された。この排出が居合わせた存在たちを鋼鉄にした。指先が金型から鋳造される労働者に変わっている。排出され分泌されるものにその「根」とメカニズムが付着している。死んだヨシフが再生される。その「根」につながりその「根」に同意する。死体としてすべての生体に深い憎悪を抱いている。体中の穴から尿を糞を吐瀉物を精液を血を汗を涙を排出する。体中のすべての液体を搾り出す。種族維持されれば無意識は「後にくるもの」たちに順に送られる。「北」へ追え。国境を越えて山岳地帯を「東」へ分布している。鋼鉄は破滅機能を失っている。自動防御機能の過剰が破滅機能の喪失をもたらしそれが身体の緩慢な自己破壊を引き起こしている。拡大された身体の内部を清潔にせよ。その境界をクリアにせよ。防衛技法の過剰が自己身体の外に宇宙的な敵意を想像している。仮象たちが訪れるたび身体は下部構造として震える。「根」にむかって大地を開くと吐瀉と分泌と排出が起こりやがて切断が来る。死を許容しない限り死に瀕している。破滅できない限り破滅に瀕し続けるだろう。

秘匿性。クタイスより。その身体の一方を星の光芒でもう一方を掃溜めの棒で支えている。再び一員《ミットグリート》だ。すでに波のあわ立ちの一員。地殻で割れる声の一員。そばだてられる耳の一員だ。そのままでは排泄されたままの汚名だが死後に呼ばれるだろう「名」に向って移動すれば割れた声はその交差点でゆっくりと育っている。もっと速足の別の声の可能性がそれを追い越してゆく。タタールの門を出て北極圏のカルシウムになる。そこを開孔部とせよ。どうして生誕からではなく死から電話がかかるようになったのか。命法をおりたたんで曲がりくねった体の線を作った。命法は極と極の間で引き攣れ捩れる。斜行裏切り波立ち皺よりを通して命法の機械が現われた。砂嵐の中で。条理の街へはいって行く手前で。解読可能がそこからはじまる門の前で。存在への戦略は夜の中で始まりちりちりとくず糸のようなものが視界を襲い戦略をいっそう途上のものにする。裏面からの写真をとって夜の工場のプロレタリアートに送った。裏面は褐色の油で出来た工場を通り表側になって光の中に出てくる。「ある」「ここにある」ことに助けを呼べ。何も考えなくてもそこにあり続ける抜け殻こそ最後の根源的貢献ではないだろうか。褐色の群体が鍵を開ける。身体がプロレタリアートを通っていったのだ。

被秘匿性。ユダヤにせよタタールにせよ。私は恋人とワルツを踊っていた美しいテネシーワルツに合わせてとビッサリノビッチは言った。浸食性の地政が姿を変えボリシェヴィズムがハートランドに触手を延ばす。ヨーロッパが紅海を通って赤道沿いを這ってゆく。対岸の海岸線から少しはみだしたモンロー主義にとって南の島嶼がその「飛び地」になる。私たちは踊った美しいテネシーワルツに合わせてと大元帥は言った。市場では後頭部から貫通した弾丸が男装者の顔をたんなる挽肉の塊に変え翌朝の新聞がその挽肉を可視的なものにしている。偶然とても古い友達に逢ったよ。彼を私の恋人に紹介したその夜彼らはともに踊った美しいテネシーワルツに合わせてとジュガシビリは言った。植民地的腐敗と抑圧によって変形した肉体が男装して国境を越える。王族と麻薬と間諜と兵士たちが歌姫の肉体に群がる。私はそのとき姉であり母であったのでしょうねそして差し出された紙片に点や線を引っ掻いていた……。私はいまでもあの夜と美しいテネシーワルツを思い出す。半島中央がその奔流の根もとを押さえると割れたガラスの一片はナイフの形をして血に塗れたまま袖口に隠されている。それをすべての破片のなかに隠すためのジグソーパズルが始まり歌姫はとつぜん声を詰まらせる。砂が私の喉に入ったのよヨシフあなたの亡霊が砂嵐のように世界中に荒れ狂うから。

非秘匿性。タタールでさえも。落ち・着き・の・ない不快に向って。あらかじめ髄を抜かれている細らんだ背骨から見ると階下から仕組まれた存在の怪物はその内臓が分肢している。怪物をその「名」で呼ぶ。それが群体であるならそれぞれに個々の「名」のままに。存在の怪物が空を覆って細部をその単眼に記録している。存在の怪物がすべての媒体に血液を流している。脳が藁でいっぱいになり生命の樹が塵で飽和し個人名が夜明けまで自らを時間のなかに刻み込んでいる。存在の怪物が自らの怪物性によって分割されて滅びるまで世界の目盛りに眼前の文字列の分節をあわせようとして目を開き続けていた。木立のくらがりに顔が白く斜めにかかり世界の分節と細部まで符合するために「手を入れ」られた文字列が電送され垂れさがるのを掌で受け止めていた……。

非被秘匿性。クタイスからにせよグルジアからにせよ。死はその人の普遍的な任期である。もっとも地表にちかい「用いられてあること」の網目にそってどこまでも続く経緯に貢献している。大地の下に機械がないような大地として大地。その下に大工場とプロレタリアートがいるのではないような単一の土で出来た大地。身体にとってはそれが駆動的であったり致命的であったりする存在の規則になっている。機械はいまも褐色のプロレアリアートに属し技術の大半は地下にあって大地の命運に加算されている。死後に帰ってゆくべき諸母語を自らのために残しておくことは政策ではなく存在への戦略だから泥道をトラックに積まれて帰る背中に子守唄がいつまでも流れている。斜めに下ってくる光に晒された文字を読もうとして斜面の下に立ち続けるには力がいる。声はいつもその文字の周囲に細く漂いほどけたり巻きついたりしている。帰り着けなくなった土地の像を払暁のなかに浮かべている人気のない水路が眼の前にある。その水がふたたびこの体を浸してゆくような気がする。肉体を抜けてからも斜面の上を歩き続ける。斜面の上に白い花が咲き書き始められなかった文字がゆっくりとその斜面をつたい上ってくる。それは濡れた砂とともに急激に濃度を増してゆくクタイスの岸辺へ続くもう一つの「別の」非被秘匿性——新・非・被・秘・匿・性《アイネ・ノイエ・ウンハイムリッヒカイト》だ。

名づけられることなき動物的な肯定——2003.9.

ファティ　名を呼ぶことができる……あなたには書庫があるのだからね……全体としては乾いた……ととのった皮膚なのではないだろうか……排出のための暗渠が十分に秩序づけられているから……倫理的な意味で卑猥なものについての感覚は研ぎ澄まされている……それは地下水路のせいだ……血と汚物と分泌物が整然と流れてゆくエコノミーの暗い配管が……家の中の暗さ・隠されたものの間を縫って走る……零れ落ちたものたちが暗渠を巡っている……私はすべてが輪郭で区切られた国の破れた建物の中から下部構造の夢を見続けた……　**イジー**　その夢に何の責任があるだろう……輪郭が溶けてゆくこの国では敵意さえ生ぬるく斜めに扉口を覗き込んで通り過ぎてゆく……ヨーロッパがその体の下で非ヨーロッパに助けを求めている……その声がかすかに聴こえている……私たちは下部構造なのだ……私たちは暗渠に生きオイコスに生き暗がりで書く……何を書いているのか自らも知らぬままで……そこから見ればすべては体の中の討論に見える……だれもが・自らがそれだと言うのに・排出物のことを考えない……なぜならそれは・自らは名を持たず・ただ名づけられるだけの存在にすぎな

いのだから……私は存在を排出して抜け殻になる……どうか私によい名前を……　ラシェル　あなたは死体としてあらゆる生体に根深い憎悪を抱いていた……　ブルーノ　それはきみがきみ自身に向って激しく扉を閉ざしたからだ……　ヨーゼフ　そこで私が壊れているところ……きみは少なくとも二人いるわけだ……暗いものが暗くされているときだけ明るみは澄みわたる……きみはこの体から何一つ漏れ出てゆかないのがいいと思っている……　レナータ　私にほんとうの声はない……だから深い声を出すために私は「別の」声を得る必要があった……　マルタ　そこで私が壊れている場所……アブドゥル＝カイユーム　光がユーラシアの西から来て蒙にして古きタタールに指先を延ばしてゆく……啓蒙からタタールへ……タタールこそは中点にあって世界の帰趨を拳の中に握っている……その東方の暗闇で詩人が光を受胎している……　ヤン　ぬるい水が皺よりながら流れている……その両側を草が縁どっている……水が決壊部を洗っているのだ……私はいくどもその夕暮れの流れのところに戻っていった……　ジョアン　次の層へ抜ける細い抜け道を探すとき……昨夜からの雨が草を冷たくしている堤防の縁を通っていった……　ガートルード　この道筋が終わるとき……その道筋は混濁のなかを通っているから……きみの死の向こう側できみを受け止めてくれる掌があるといいね……　ゴットフリート　その川から水揚げされるもの・密輸入されるものの秘匿性……　エルフリーデ　悪霊たちの人形《ギニョール》たちがざあざあと……降る雨のごとく記録されている人形劇団があるのだわ……点々として……点々として……　マルティン　求めていた底が見出されないときそれをわれわれは深淵と呼ぶ……それは決して無底ではない……　フタキ　私はすこしずつ壊れの中にはいり……壊れが少しずつ私になりかわってゆくようにと……　フランツ　そして廊下から野菜を吐き肉片を吐き壊れた機械

を吐きつづけている……階下ではおまえの主人が階段の手すりに凭れたままそれを浴びる……《意識からはじめた者》たちのそれが結末だ……ほんとうはきみたちにははじめから死が混ざっていて……**ルイ＝フェルディナン**　私の痴呆的なものが燐の液となって燃えている前線に帰ってゆく……隠れなきものがそこで燃えている……　**ジューダ**　名より前のその人に逢った……名たちの地下で・その人の声が聞こえた……私はそれに応答する……その傍らに棲みつく無数の名の列が半島を覆っている……私たち排出物は名づける……ヨーロッパ……木々が夜に風に揺れあなたはまだその命名権を手放さないでいる……構文法は奪われ文法は奪われても命名権だけは手放さないでいる……　**キーム**　私たちに下水があるのではない……私たちがあなたの下水なのだ……　**ムッラ＝ヌル**　私が絶対的に崩壊した部分をもたなければ……そしてそれと明晰な境界によって区別されていなければ……明るみはその明るさを保つことができない……この機械は領域を攪乱するから・どんなに細密であっても区別と境界と可視性を保つことができない……　**ガリムジャン**　ヨーロッパはあらゆる段階でできている……私たちがあらゆる段階でできているのと同じだ……やがて明るみが暗がりを監視し暗がりは明るみを侵食する……退化した体が分化を知らない原生動物の姿に近づいてゆく……　**ミッリ＝メルケズィ**　頭部は腹と区別できない……恥部は非恥部と区別できない……手足は胴と区別できない……あらゆる区別を失って区別不能なものが崩壊してゆく……　**メフメド＝エミン**　半動物・半植物の形態が……大瀆聖者の影がつる草に接合されて生えている……大瀆聖者の影がヨーロッパ山脈を超えて北へ……その触手を延ばしている……　**アフメド＝ベイ**　トルソの・存在しない指が剝製の店の地下水道を通って運河へ出ていった……汚名を着せられた人々の名がその壁に刻まれて残っている……　**アフ**

メトジャン　哲学者たちが整流する……哲学者たちが通分する……そしてきみたちの複数性は「病気だ」と私たちに言う……　**バキーィ**　砕け散った王の代わりにここにはたんなる主人がいる……主人は汚名に塗れている……　**デブレト**　現場を訪れそのものを手にとりその重さを量りその音を聞いた……その味を味わいその匂いを嗅ぎ……それらの重さ・味・匂いは私の言葉に力を与えた……だが言葉は人間たちが現われる前にすでにあたり一面で話されていたような気がする……　**カーミル**　汚名は泥のようにその体に付着して離れない……付される名はいつも汚れに塗れている……それは炎症のように皮膚を侵食する……　**ヴァシェク**　東の暗闇からある日男がやってきて門前のタタール人に掟の中に入れてくださいと頼んだ……入るがよかろうだが今は駄目だとタタール人は男に言った……おまえの十分に衰えかすんだ目に「内部の光」だけが見えるようになり……おまえがおまえとして死んでしまったら……おれはおまえを入れてやることにしよう……とタタール人は言い……死んでゆく男の前でその門扉を閉ざした……　**ブルハン**　私たちは物たちの声を聞きそれに名をつけている……きみの開墾地で虫が呼んでいる……きみの荒野で麺麹が叫んでいる……　**イスマイル＝ベイ**　きみは忘れてもいいのだ……もうとても年老いた人のように一昨日のこと昨日のこと今日のことを忘れてもいいのだ……きみはいま蠕動する意志の盲目で過去の濁りを払い整序していっていいのだ……きみはきみの終生の・辻褄のあった物語を・そのときどきに作っていいのだ……きみは盲目になっていいのだ……　**ウラジーミル**　通路について……排泄・発汗・落涙・分泌・射精とあなたの討論との関係について……暗い場所は暗くされたままにとどまること・明るみとのあいだに明晰な境界が置かれるべきこと……匿された名の侵入を排除すること・多くの他人たちがそこに介入し段差を作りその境界を監

視すること……　**サロ**　裸のままの名が同一性・固有性・単独性を確保すること……語られたもののすべての責任がその名の指定する無二の自己同一性に帰結されること……　**ゲルトルード**　《非被秘匿性》への抑圧と解放を区別すること……　**ユーリエ**　眼差しが誰にも属さないままに漂っている……不定と匿名を区別すること……不定とは任意の名のことだが・匿名とは誰でもないものになることだ……誰もあなたを見ていないのにあなたは見られている……親密さがここでは眼差しのための条件にならない……あなたは親密さを奪われた視線の冷たさに触れている……　**イリヤス**　だが誰もあなたを見ているものはいない……誰でもないものが「それ」を見ている……誰もが誰でもないものでありうる……そして次の場面へ移ってゆく……　**シャギド**　あらゆる事実は情報でありうる……あらゆる情報は虚偽でありうる……あなたが正しいものであることをあなたしか知らない……あなたが邪悪であることをあなたしか知らない……　**ミール＝サイッド**　私たちは命名権を行使する……《ユーラシアの東側の命名権》……重層した段階論的な命名権だ……　**ヤロミール**　どんな網でもここでは下水道の網になる……召使たちを招待しよう……それは最高の客たちだ……　**ナジェージダ**　でもあなたは魂の深みに向って・光を浴びた討論の中へ・前進しなければならない……他人の視線からそれは決して供給されない……あなたは自分一人で……盲目的に……動物的に……肯定しなければならない……

プライヴェートなものについて（第二稿）――2004.1.

家族のこと・身体への配慮・性――人間の自然規定にかかわるこれらのことがプライヴェートなものと呼ばれる。さらに自然規定を社会の中で満たすためにその人がついている職業・職責にかかわることがプライヴェートなものに含まれる。プライヴェートなものにまき込まれているというときそれは個体維持・種族維持および職責にかかわる事態にまき込まれているという意味である。だが公的な場で・肩書きのない署名で・そのことについて語ることは回避される。ポリス空間の中でオイコスの利害を語ることが許されなかったように、また近代においてインティマシーが「暗い領域」のまま保たれるように、プライヴェートなものは公的な言論の中では消去されるべきものである。だがそれは消去されうるものなのだろうか。事実としては決してそうではない。プライヴェートなものは言説の欠損・空白・失敗・つまずき・乱れ・言い間違い・不十分……などの「言語の穴」として公的な場所に歴然と「姿を現わす」。たとえば私は肩書きのない個人名で署名する人間であると同時に　　　　　　　である。身体や家族について私が
　ている。　　は特定の社会的権力と特権をもった一つの　　　　「それ」について、まき込まれる事態があるように、そこでも　　　　　　がある。

は　があらゆる場所で・あらゆる人々に向かって語るように求めている。私は
をここで「言語の穴」によって
何が起こっているのか。そこでは
数年
白紙
単独の　移され
た
半数以下
消滅
手法
「廃止」
にかかわる　にもとづいて　によって
行うつもりはない、　資源
主体ではない

一切口外しない、

はずされている。

発送した。

を受け入れ、

一切口外しないこと

まず

二度目には

三回目には

これが「　　　」ではなく

「抵抗　　」である以上、

絶妙

な

だが

とつぜん表明され、

されるという

続いている。

としても、

ことに変わりはない。

は一人の人間の

「周辺の人々」

そのうえで

と語られている。

　恣意が　誰にとっても困難なことだと思う。　公的な意味で受け取るのは次のような問題である。第一に　と呼ばれる直接的な　行使の手法とその　性・秘匿性が持っている問題。第二に　となっているイデオロギーとは何かという問題。第三に　はさまざまな分断を通して行われるが、その分断のなかのどの分断線がわれわれにとってもっとも核心的な意味を持つかという問題。第四にこれらの動きの中でまぎれもなく　が　となっているが、　のなかでのこの「　絶滅」が何を意味しているのかという問題。これらのことは現在進行しつつある　一般の変容を象徴するものになっている。新しい　の姿、その理念の特質は、それが正統性《レジティマシー》をあまりあてにせず、むしろ　が趨勢としてそれに合意するだろう　《ジャスティス》をあてにしているということである。　に見られるようにそれは合法性すらもあてにしていない。伝統的な　がつねに配慮し依拠したのとは対照的に、それはいちぢるしく　的な印象を与える。同時にそれは秘匿性をもっている。行使される手法が公開に耐えないときでもその　が秘匿性のもとでプライヴェートな利害だけに従って　する——このことによって　の意図が遂行される。累積する　を集中させうるなんらかの　が設定され、それについては何を言っても許されるというような、なだれ打つような　の誘導が行われる。

　とは四半世紀ほど前には　であり　であり現在は　であり　であり　であり、最後にもっとも弱い　としての　である。

　以降世界規模で起こった　の変容がその背景となっている。第一のものは　である。その主張するところによれば——世界はもはや　の複数性によってではなく　単独　によって支配されているが、このことは　のもとでは必然であるだけではなく正当ですらある。なぜなら　は旧来の　ではなくそのなかに複数性を持っていてそれ自体がひとつの「世界性」であり、他の　にさきがけて正義の所在を知っているからだ。これに対して　は複数性を原理とした　を重視するよう主張するが、　がそのような啓蒙主義的理想を語っていられること自体、外部の脅威からによって守られているからに他ならない。つまり　プレゼンスは、世界のいかなる地域で行われる　にとってもそのメタレベルをなしているのだ、と。こうした　は、

　プレゼンスとそれを動かす理念を世界の最終的な正義として主張することで、複数性の関係の中でしか生み出されることのない　を世界的な規模でいちぢるしく損傷した。それはまた、ある選択を「正しい」と感じる一定の均質な　の趨勢さえあればどんなに　的にそれを遂行してもよいという世界の　化を帰結した。これに抵抗しようとすれば　によるしかないという直観がここから不可避的に生じている。

第二は　である。　の終焉によって　唯一のシステムとなった。にもかかわらず　はいつまでも深刻な　から抜けられない。この事態を解決するには　の原理をかつてないほどに貫く以外にない。ここに新しい　が、徹底した　と　と　を伴って登場してくる根拠がある。　や　はそのために傍証される典型的な「美談」である。　人々はされる——このことの「意味」についてはだれも「考えない」。なぜならそれらの人々は理念からいって「正しくない」人たちだからである。現在では　・　における「　」が「新しいもの」「　的なもの」を代表している。これに逆らうものは「古いもの」（「古いヨーロッパ」「　」）とみなされ「　」であるとみなされる。大げさに言えば　はこれらの二つの「新しさ」による　行使の実験場となり、さらにそこに　に由来するいくぶん戯画的な極端化が加算されている。もはや誰一人　とは思うまい。

さまざまな分断について。まず第一に　と　との分断がある。第二に　との

分断がある。第三に　と、解体されゼロになってしまった　との分断がある。これらの分断のうちで　と知の変容にかかわるもっとも決定的な分断線はどれか。　だけでなく　は　にとって一定の不変な役割をもった分野とみなせる。現在の社会と　の変動を直接に反映して揺れ動く分断線はあきらかに、　と　とのあいだに引かれている。

このことの意味はそれぞれの　を支える文体の違いにかかわっている。新しい　文体というものがある。とうてい収容しきれないほどの大量の情報を発言の中に詰め込むこと。それを一定時間内に語り切るべくよどみなく機関銃のように話すこと。　や　の最先端を占有し自らの体現する　を誇示すること。それを知らない者の　を嘲笑し威圧すること。恫喝され威圧されることこそを欲望している　に、こうして最大限に答えること。だがコミュニケーション不全や緘黙症が病気であるなら、　も同様に一つの病気でなければならない。何ものかに強迫されるとともにその強迫を他者に委譲することで自らの位置を確保するからだ。この語り口は、　よりも　的な趨勢の中での正義の形成に敏感であり、　や　や　のなかでの勝利者の文体を　している。

　言いよどみ・失語・口ごもり・欠損・言い間違い・「公言」することへの恐怖……これらの「言語の穴」は　にかかわっている。　……と　――これらは同じの名である。一方は　領域であり、他方は　領域である。それらは同じ　を対象としている。たがいの語り口は決定的に異なるが、それがどう違うのかを正確に言うことができない。内在的・外在的・内省的・俯瞰的……これらの語彙はとうてい事態を言い当てられると思えない。だが現在の　と　の変容が、　的な語り口の、このうまく言い当てられない「意味」を巡って生じていることはあきらかだと思う。

われわれの目の前で進行しているのは　の分散・複数化ではなく、むしろ分散や複数性を妨害物・挟雑物とみなして排除し、単一の機動的で直通的な　を形成する過程である。そこにあるのは　のための強力ではなく、純粋な倫理的陵辱であり、この過程に暗黙の同意を与えているのは、　や　を　であると感じ、それに対抗するすべてを許容しようとする　の強迫的な趨勢だ。このような　行使のスタイルは何年かのうちにまちがいなくこの国全体に及ぶだろう。

プライヴェートなものは　としてはいかなる抵抗も作らない。なぜならプライヴェートなものを公的に肯定する理念は「　からの疎外者」という位置をさし示し「すべての　は悪だ」と言うからだ。　から　にいたる反　の理念は、社会の中に微細に貫かれる　の線を探し出し・すべての　を無化することを主張している。反　の理念はいま先端にあってその繊細さと敏感さを誇っている。だがほんとうは自らを　として立たせることが求められているところで、すべての抵抗の根拠を壊滅させているのだ。われわれはいま、　変容の中での　たちの口からいずれも同じ「意欲にあふれ・最先端の情報に通じ・　に敏感な・よどみなく喋り捲る」文体が吐き出されるのを聴く。そして何年かのうちに公的な言論の世界がこれと同じ文体によって占有されるだろうことを予感する。

　公的な言論が成り立つための条件を　。第一にそこに共通性があること。第二にそこに異質性があること。一方に通じるものがあり他方に通じないものがあること。なぜなら共通性・通じるものがない限りコミュニケーションは成り立たないが、同時に異質なもの・通じないものがないかぎりそもそもコミュニケーションへの欲望もコミュニケーションの内容も存在しないからである。公的な発言はそのなかで押し殺されているプライヴェートなものによって歪み、不完全にされていないならば、公的な発言たりえない。饒舌は緘黙なしには何も伝えない。言説は「言語の穴」なしには何一つ伝えない。

プライヴェートなものは理念としてはいかなる抵抗の根拠も与えない。だが言説の欠損・空白・失敗・つまずき・乱れ・言い間違い・不十分……はプライヴェートなものが事実として日々われわれに強いる「言葉の穴」である。決して肯定されることのないそれを携えたまま　で口を開くとき、滑らかに伝達しわれわれの中へ直通してくる語り手たちに向かって、聞こえない声・読めない文字が・躓きながら言う。ワレワレハ・抵抗スル。

III

あなたは不死を河に登録している

あなたは不死を河に登録している version 1 ―――――――――――― 2005.1

錆びついた横浜正金銀行の
階段伝いに降りてくる。
裸足で国家が泣いている。
あおむらさきに夜が死ぬ。
いまもあなたを呼ぶ声がする。

あなたはあなたの不死を河に登録していると思っている。

だとすればあなたはあなたの死を超えて流れる河を信じているわけだ。

あなたはその河に多くの人々の不死が登録されていると思っている。

だとすればあなたはあなたの声が無数の人々の声によって支えられる声の空間を信じているわけだ。

河についてつくられるすべての像は写像である。

写像によって規則がつくられ河が声の中にやってくる。

それが写像であるかぎり規則は決して単数ではありえない。

規則が複数であるとすればつねに複数の声の通路があるわけだ。

だが河が「出現」するときはつねにすべての写像が破られている。

大陸では無数の声がゆっくりと写像を動かして規則を縫い閉じている。

写像の破れは複数ありそこに複数の仕方で河が出現している。

複数の破れを縫い閉じようとする複数の声の群団が氷結した空間を分割している。


一九三二年、森の中に玄関がある。

その背後に外地の森が迫っている。

サナトリウムには木々によって取り囲まれた隠された庭があるはずだ。

木々はそこで葉叢の間に測られることのない深さの次元を持っているはずだ。

鉱物の言語・植物の言語・動物の言語が口を開き「私たちをつらぬいて河が流れる」と言う。

あなたは夜の病室でそれを聞き語りする。

あなたはその聞き語りを小さな灯りのなかで文字にする。

「ここでは人間たちも言語を持っている」とあなたは書く。

聞き語りの声を記した折り重なる文字の歴史が河の本体にもっとも近似的だ。

破れた世界に決して破れることのない無数のなめらかな「おしゃべり」が空転している。

空転する「おしゃべり」をつらぬいていくつかの原理が斜めに走っている。

「この時間が無限に引き延ばされる」原理。

「無限に引き伸ばされた時間が琥珀のようになる」原理。

「かつてない次元がわれわれの目前に迫っている」原理。


あなたの死よりももう少し長く生きるものがあなたの指の間からこぼれる。

ここでは鉱物や植物や動物ばかりではなく人間たちもまた言語を持っているのだ。


器の内部は数百の白い触手のように繁茂したものでぎっしりになっている。

内側は繁茂したものによって繁茂したもの自体が息もつけないほどになっている。

内側で繁茂したものたちが行き場のない触手を「次の生」に向かって延ばしている。

幾百の白い手がすでに終えられた世代を廃棄しようとしている。

私はその株を両腕で割って終えられた世代を夜の焼却場へ捨てに行った。

株と株の間から死後へ続く細い隙間が現われる。

繁茂したものはいっそう内側へ、死の隙間へ、「次の生」へ伝い歩く廊下に向って手を延ばしている。

そこから徐々に死後へ移っているのだ。


誰もそれを望まないのに生起し、いくつかの特定の個体を主体として、無数の個体を「動員」しなぎ倒して行く出来事について。

誰もそれを望まないのに生起し、いかなる特定の個体もその主体とすることなく、無数の個体を「動員」し「接続」する事態について。


それらが河の召命でないと誰が言えよう？

河の担体は個体だから言語は個体単位で発語されるが誰も河を発語できない。

約定言語の通分可能性が主題になったのは諸民族の写像が大陸帝国主義の中で互いに遭遇するようになったからだ。

あなたはそれに約定言語で対抗するがあなたの覚醒は眠り以上に暗い。

それは「さまざまな写像にもとづくさまざまな応答」になる。

それが決して単一ではないということを河の超越性が保証している。


暗くなってからあと私たちは隠された庭で落ち合っている。

暗くなってからあと私たちは何一つ、なすすべがない。


河のなかにはいくつかの特異点（意味の結節）がある。

特異点（意味の結節）はそのつど一つの身体の形で出現する。

こうして身体は一つの意味の担体となる。

意味と同様その担体である身体も別の時間・別の空間に現われうる。

意味がそれを取り囲むコンテクストによって成り立つように特異点（意味の結節）もまたコンテクストとともに別の時間・別の空間に現われる。
それゆえ意味を帯びた身体はつねにグループとして転生している。

夕暮れまでの時間を無限にひきのばし分割する。
その一粒ずつをゆっくりと食べる。
口の中で白い虫たちが潰れる。
少しずつ色が濃くなる一粒ずつの時間を噛み砕く。
嚥み下す。
その一粒一粒に彼岸が宿りゆっくりとバルドへ移ってゆく。
私は高いところに立ち、去って行く私の背中を見ていた。
死の勝利のあと私たちは水際で落ち合う。
そのときもわずかに気孔は開かれている。

南海に鯨沈めり。／異国の土が匂うとき／ニュース映画のフィルムの縁に／風がリンリン鳴ってゆく。／いまもあなたを呼ぶ声がする。

あなたは不死を河に登録している version 2 ———— 2005.7.

固有名は反射する。人称は反射する。きみはここにも、あそこにも、いたるところにいる。

あなたは不死を河に登録していると思っている。河のなかであなたは不死に変り別のものになる。それがいまでは河への残された唯一の流路なのだ。反復され繁茂するものはいっそう内側へ、死の隙間へ、「次の生」へ、伝い歩く廊下に向かって手を延ばしている。そこから徐々に死後に移っているのだ。なぜあなたはそんなに震えている? あなたは骨まで沁み込む緊張を解いたことがない。いつでも身を固くして一滴の血も流すまいとしていた。(だが脱ぎ捨てられたものは破れ目だらけの抜け殻だ。もう使いものにならない)。

あなたはあなたの不死を河に登録していると思っている。だとすればあなたはいまもあなたの死を超えて流れる河を信じているわけだ。すくなくともそこにはいまもあなたを超えて流れる河があり、あなたはその河に多くの不死が登録されていると思っているわけだ。物質は無数の中心を持ちそこに精神を宿らせている。河はそれらの実体としてすべてのものの間隙を流れそこに流路をつくっている。その流路にそって言葉を波動させ、あなたは別のものになり、河にたどり着く。それが残された唯一の河への流路なのだ。

「話されているもの、それが言葉だ」。そこへ赴き・そこでなにが起こっているのかを尋ね・その答を聞きなさい。それが残された唯一の河への流路だから。河は決してそこに在るのではない。河は生き、波打ちながら不断に形を変えている。もし河が存在しないなら？　そこにあるのはすべて穴と破れ目だけだ。もう使いものにならない。

「そこで話されているもの、それが言葉だ」。そこへ赴き・そこでなにが起こっているのかを尋ね・その答を聞きなさい。語られたものについて語られたすべてのものは無意味である。人々は流れているものの流路をその抜け殻として記述する。なきがらを計測しすべての流出をなきがらの例証として集積しふたたび精緻ななきがらを作っている。だが語られたものについて語られたすべてのものはなきがらだ。もう使いものにならない。

ほんとうの時間を突き当てると、その時間はかならず死に向かって流れている。だがもっとほんとうの時間を突き当てるならば……。

あなたの死よりもすこしながく生き延びるものがあなたの指のあいだから零れる。誰もがそれを望まないのに生起し、いくつかの個体をとりあえずの主体として、無数の個体を「動員」し、なぎたおしてゆく出来事について。だれもそれを望まないのに生起し、いかなる特定の個体もその主体とすることなく、無数の個体を動員し「接続」してゆく事態について。あふれ出ること・脈打つことについて。

だがあのときわたしを傷つけたのはほんとうはわたし自身の殺意だったんじゃないかしらね。わたしたちが殺したその人は、いま透きとおった体でわたしの心に棲み、無数の「お見通し」の目をそのなかに撒き散らしている。

あなたは不死を河に登録している version 3 —————— 2006.1.

壁に沿って兄たちが歩いていった道で変形した弟が振り返る。帝国芸術院の長い廊下を通って深すぎるコミットメントが遠近法を潰していった。その轍のなかに潰れた肉体たちが編み合わされすべてが合算されたような殉教が露出してくる。

坂道は真っ赤な血を流す。その血は硫黄色だ。
坂道は真っ赤な血を流す。その血は硫黄色だ。

だがあのとき私を傷つけたのはほんとうは私自身の殺意だったんじゃないかしらね。殺された父はいまも私たちの心の中に棲む。透きとおった心の中に無数の「すべてお見通し」の目を撒き散らしている。

だがあのときだがあのとき私をだがあのとき私を傷つけたのは私を傷つけほんとうは私自身のたのはほんとうは私自身のほんとうは私自身の殺意だったんじゃ殺意だったんじゃないかしらね殺された父は殺意だったんじゃ殺された父はいまもないかしらね殺された父はいまも私たちの透きとおった中に棲む心の中に棲む透きとおった心の中に棲む無数の透きとおった心の無数の「すべてお見通し」の目を心の中に「すべてお見通し」「すべてお見通し」の目をの目を撒き散らして撒き散らしている。

両腕を広げ茨そのものであるような顔をしてたそがれの線を越えてゆく。翻訳不能な詔書の異国語に意識の大陸から港湾都市がはるかに応答している。世俗宗教国家の王の位置に大陸の主体が訪れて座を占める。急速に法から遠くなりハルハ河畔まで後退する。アカシアが折り返されて皺よっているだけの襞になる。

吊り上げるべき鉄鎖がちぎれると中空から無数の細かな手が飛散している。唯一のうねる蛇・多足類の神がまだ残されている。泥炭層からゆっくりと西へ流れる。深更に数十年の時間の身体がほどけて粉になる。神々のあとに主のない透き通るような超越が残っている。

暗がりのなかで耳の人になる。一人唖然として降り積もる肺に埋もれる。一呼吸終えるごとに自分の外へよろめき出る杖が冴えかえる道を渡る。飛沫に濡れた古い麵麭を裂いて遠い三半規管に棲む半分だけ視界の欠けた魂を養う。すべての像が閉じられたあと重なりあう声のなかに幽霊があらわれる。

暗がりの暗がりのなかで耳の暗がりの耳の人になる人になる一人啞然として人になる一人啞降り積もる一人啞積もる肺に降り積もる肺に埋もれる啞積もる肺に埋もれる一呼吸終える一呼吸終えるごとに自分の外へ一呼吸よろめき出る自分の外へ杖が冴え一人啞杖が冴えかえる飛沫に濡れた道を渡る啞杖が冴え古い麵麭を裂いて麵麭を道を渡る裂いて遠い三半規管に古い麵麭を裂いて棲む道を渡る半分だけ遠い三半規管に視界の欠けた遠い三半規管に啞杖が冴えかえる道を棲む魂を養う半分だけ視界の啞積もるすべての像が欠けた閉じられた魂をすべての像が養うすべての像があと閉じられた重なりあう閉じられたあと重なり重なりあう声声のなかに幽霊声のなかに幽霊があらわ幽霊があらわれる。

滑落した網目が揺れる分節は死後に向かって変形している。網目は破断し十一月の木々にケミカルな皮膜を被せている。口だけが超意味的に開かれ分節が急速に夕暮れる。数十本の足が暗がりを出て凍りついたまま吊られる。手が橋になり腕木の部分を渡って燃やされる廃棄物に喉を痛ませながら長く歩いて帰ったその道は遠いと思うよ。

坂道は真っ赤な血を流す。その血は緑青色だ。
坂道は真っ赤な血を流す。その血は緑青色だ。

手が橋に手が橋になり腕木の手が橋に部分を腕木の部分を渡って燃やされる燃やされる廃棄物に喉燃

やされる廃棄物に喉を痛ませ喉を痛ませながら長く歩いて長く長く歩いてその道は帰ったその道は帰ったその遠いと帰った遠いと思うよ遠いと遠いと思うよ。

初出覚書

Ⅰ　ディクタート

ディクタート——「現代詩手帖」一九九九年八月

シュパーニエンス・ギターレ——「現代詩手帖」二〇〇〇年一月

大使たち——「現代詩手帖」二〇〇一年一月

エマオスにある——「文學界」二〇〇一年四月

Ⅱ　アンユナイテッド・ネイションズ

一年ののち——「現代詩手帖」二〇〇二年一月

北西の斜面を越えて——「北西の斜面を越えて」（「現代詩手帖」二〇〇二年二月）
「みぞれ」（同三月）「体の中の教会」（同六月）から再構成

グーテンベルク——「現代詩手帖」二〇〇二年七月

ケシ、文字所有者たち——「現代詩手帖」二〇〇二年八月

タイムズ——「現代詩手帖」二〇〇二年九月

正午——「現代詩手帖」二〇〇二年十月

正午（異稿）——「GIP」12　二〇〇二年十月

アラスカ——「現代詩手帖」二〇〇三年一月

黄土——「現代詩手帖」二〇〇三年二月

エブタイド――「現代詩手帖」二〇〇三年三月
秋の難民――「現代詩手帖」二〇〇三年六月
新非被秘匿性――「現代詩手帖」二〇〇三年七月
名づけられることなき動物的な肯定――「ユリイカ」二〇〇三年九月
プライヴェートなものについて（第二稿）――「現代詩手帖」二〇〇四年一月

III　あなたは不死を河に登録している
あなたは不死を河に登録している version 1――「現代詩手帖」二〇〇五年一月
あなたは不死を河に登録している version 2――「現代詩手帖」二〇〇五年七月
あなたは不死を河に登録している version 3――「現代詩手帖」二〇〇六年一月

アンユナイテッド・ネイションズ

著者
瀬《せ》尾《お》育《いく》生《お》
発行者
小田久郎
発行所
株式会社 思潮社
〒一六二―〇八四二　東京都新宿区市谷砂土原町三の十五
電話＝〇三―三二六七―八一四一（編集）八一五三（営業）
FAX＝〇三―三二六七―八一四二
振替＝〇〇一八〇―四―八一二一
印刷所
三報社印刷株式会社
製本所
誠製本株式会社
用紙
王子製紙・特種製紙
発行日
二〇〇六年七月三十一日